Cielo azul

NEFELIBATA

Daria Bignardi

Cielo azul

Traducción de Montse Triviño

Duomo ediciones
Barcelona, 2022

Título original: *Oggi faccio azzurro*
© 2020, Mondadori Libri S.p.A., Milán
© de la traducción, 2022 de Montserrat Triviño González
© de esta edición, 2022 por Antonio Vallardi Editore S.u.r.l., Milán

Todos los derechos reservados

Primera edición: junio de 2022

Duomo ediciones es un sello de Antonio Vallardi Editore S.u.r.l.
Av. de la Riera de les Cassoles, 20. 3.º B. 08012 Barcelona (España)
www.duomoediciones.com

Gruppo Editoriale Mauri Spagnol S.p.A.
www.maurispagnol.it

ISBN: 978-84-18538-70-4
Código IBIC: FA
DL B 4.726-2022

Composición:
David Pablo

Impresión:
Grafica Veneta S.p.A. di Trebaseleghe (PD)
Impreso en Italia

Para E. S.
Pongo solo las iniciales, así no te reconocen.

«Why am I so in love?»
XXXTENTACION, *The Remedy for a Broken Heart*

–Perdí –por mi culpa– al amor de mi vida.

–Quiere encontrar un culpable y se encuentra a sí misma dice la doctora Anna Del Fante mientras limpia sus gafas rojas con el fular azul.

La veo dos veces por semana. No le hablo de las tardes que he pasado tratando de decidir cuál es la mejor hora para tirarme por el balcón.

Preferiría hacerlo por la noche, pero... ¿y si no me mato y me quedo agonizando en el patio? Vivo en un segundo piso, no en un sexto. Quizá mejor por la mañana. Las cinco de la madrugada es un buen momento: silencio y oscuridad, pero el conserje ya estará levantado para sacar a la calle los cubos de la basura y se ocupará de despachar también mi cadáver justo a tiempo para evitar el espectáculo a los niños que salen de su casa para ir al colegio.

–Tíralo a él por el balcón –susurra la Voz, que aparece cuando me quedo demasiadas horas en el sofá observando la magnolia del patio–. Yo también quería morirme cuando Vasili se fue. Me cuesta pensar que cien años más tarde aún estemos así.

La Voz apareció el 13 de agosto, en mitad de mi primer verano sin Doug.

Cuando estás mal, el verano es como un pozo.

–Cuando a una mujer la violan o la abandonan brutalmente como le ha sucedido a usted, primero se siente desplazada, luego culpable y solo después de algún tiempo empieza a elaborar el duelo –me dijo la doctora–. Darnos cuenta de que la persona a la que amamos no nos corresponde es un golpe. Usted se encuentra en el peor momento, el del sentimiento de culpa. Pero ya verá como también llegan la rabia y el perdón.

Anna Del Fante sabe de lo que habla. Su marido murió hace un año, atropellado por un coche. Me lo confesó al final de nuestra primera sesión:

–Se lo cuento para que sepa que el dolor tiene sus tiempos. Aunque su duelo es peor que el mío: mi marido no decidió abandonarme.

Anna Del Fante tiene mi edad, pero viste como una vieja. Le he cambiado mentalmente el estilo, como cuando trabajaba para las revistas de moda: le quedaría muy bien una melena corta de Pier Moroni, con la nuca despejada y el flequillo despeinado; fuera esas gafas rojas de farmacia y fuera también esas blusas de mercadillo; camisas de Equipment, pantalones de Biani, mocasines...

Es alta: de día podría prescindir de los tacones, aunque tenga las caderas un poco anchas.

La Voz no soporta a Anna Del Fante. Creo que está celosa de ella.

Dice que es chapucera y poco profesional.

—Yo conocí a Sigmund Freud, preciosa, en Viena. Berggasse, 19. Nada que ver con esta señora.

Doug era un moralista, aunque su moral era aplicable a todo el mundo, excepto a sí mismo. Como solía decir: «Mejor predicar bien, aunque des mal el trigo».

Le gustaban los refranes, pero siempre cambiaba las palabras, pese a llevar aquí más de veinte años.

La Voz se regodea:

—A Vasili, como a todos los rusos, también le gustaban los proverbios y las frases hechas. Y él también los decía mal después de quince años en Alemania. Su preferido era *Gestern hat er blau gemacht*, «Ayer hizo azul».

—¿Qué significa? –le pregunto.

—Es una frase hecha en alemán que se remonta a la Edad Media, cuando los artesanos solo veían el cielo el día que no trabajaban. A Vasili le interesa el efecto psíquico de los colores. Pero qué vas a saber tú...

De vez en cuando, la Voz me maltrata. Al principio me lo tomaba fatal, ahora ya no. Afirma que soy una niña mimada porque soy guapa, mientras que ella siempre fue más bien feúcha.

Nací en Comacchio y me pusieron el nombre de Galla, como la emperatriz Gala Placidia, la del mausoleo de Rávena. En el colegio se reían de mí por ese nombre ridículo y me llamaban Gialla, por mi tono de piel,[1] o Arañita, por mi delgadez. He intentado explicarle a la Voz que, hasta los trece años, yo era como una araña delgada y pálida, y que es normal sentirse toda la vida como una se sentía de niña. Siempre me he visto más como Gialla y Arañita que como Gala la emperatriz.

Pero la Voz no atiende a razones: para ella sigo siendo una «preciosidad», la exmodelo tonta. Si tanto me desprecia, ¿por qué se preocupa por mí?

---

1. *Gialla*, en italiano, significa «amarilla». (N. de la T.).

La madre de Doug trabaja en una tienda de ropa deportiva. Ella sí que es guapa, con ese rostro equino que Doug ha heredado.

Doug mantiene una relación cordial con sus padres y no habla demasiado a menudo con ellos. Decía que yo era su familia y que no recordaba nada de su infancia, salvo las comidas del Día de Acción de Gracias con su padre y las barbacoas del 4 de julio con los novios de su madre. A su madre la conocí cuando ella tenía la edad que tengo yo ahora y el busto generoso que yo no tendré nunca.

Cuando Doug le comunicó que nos íbamos a divorciar, me llamó desde los Estados Unidos.

–*Take your time, Gal* –me aconsejó–. *No pain, no gain.*

Aquel día yo estaba fatal y cometí el error de preguntarle por qué creía ella que Doug me había dejado.

–*You're so European* –me respondió–. *You're such a difficult person.*

Me ofendí. ¿Difícil yo?

Podría haberme dicho algo más comprensivo, no sé..., por ejemplo que Doug no sabía qué era una familia, teniendo en cuenta que ella y el padre de Doug nunca habían vivido juntos. Pero no, me atribuyó a mí toda la culpa, como una suegra de los años cincuenta.

También es cierto que yo nunca he visto a mis padres juntos, pero sí tengo sentido de familia.

Quería envejecer junto a Doug, igual que mis tías comparten con sus maridos sesenta años de recuerdos. No consigo entender cómo es posible que, después de veinte años compartiéndolo todo, se pueda renunciar a la idea de envejecer juntos.

—Mira que eres tonta —se burla de mí la Voz—. Esos hombres no solo no quieren envejecer, sino que ni siquiera desean recordar. ¿Por qué crees que cambian de mujer y eligen a una más joven, a poder ser que los trate como a reyes y no les toque las narices? En tu opinión, ¿la pobrecilla de Nina von Andreevsky podía permitirse criticar al gran Vasili Kandinski?

Doug acababa de llegar a Milán cuando nos conocimos. En la agencia me habían pedido el favor de posar gratis para un fotógrafo estadounidense sin un duro que tenía que hacerse un *book*.

Yo tenía veinticinco años y, en lugar de trabajar como ilustradora –que era para lo que había estudiado–, ya hacía siete años que había empezado a trabajar de modelo por pura casualidad.

Era la época en que yo estaba muy solicitada, por el corte oriental de los ojos y la palidez del rostro. Características, ambas, de la talasemia que heredé de mi madre, pero que en los años noventa me resultaron muy útiles.

–Me juego lo que quieras a que nunca te dio las gracias. ¿Crees que Vasili me agradeció que lo hubiera amado, apoyado y mantenido durante catorce años? –grazna la Voz mientras lloro en el sofá–. Yo también tenía veinticinco años cuando lo conocí, ¿sabes, preciosa? Y él tenía once más que yo.

–En el amor no se dan las gracias –le respondo.

A Doug solo puedo criticarlo yo.

–¿Y eso dónde lo has leído, en los envoltorios de los bombones Baci Perugina? –se burla la Voz, riendo con satisfacción. Se siente complacida cuando demuestra conocer nuestra cultura.

Mi talasemia es asintomática, más allá de un leve cansancio y del pipí color café.

Mi madre, en cambio, siempre ha sido TDT, dependiente de transfusiones.

Se puso muy contenta cuando le dije que me iba a casar con Doug, pues en los Estados Unidos la talasemia no existe: los talasémicos no podemos arriesgarnos a tener un hijo con otro talasémico, porque podría nacer con anemia de Cooley.

Por suerte, mi madre murió y no sabe que Doug me ha dejado. Para ella, la culpa de todos los problemas siempre era mía. Y esta vez no le hubiera faltado razón.

Todas las banalidades que se dicen sobre el divorcio –cuando es beligerante, como el mío– son ciertas: es peor que el luto, es una herida desgarradora, peor que una enfermedad.

A las enfermedades, estoy acostumbrada; pero esto es una amputación brutal y sin anestesia.

Uno piensa: «Si la persona a la que amo me rechaza, significa que no valgo absolutamente nada».

Y si encima lo hace como Doug, de repente y sin explicaciones, te sientes como un bicho al que se aplasta con el pie y luego se tira por la ventana.

A lo mejor es por eso por lo que tengo tantas ganas de arrojarme por el balcón.

Si no hay más remedio que separarse, no iría mal un rito de paso, como Marina Abramović y Ulay, que durante noventa días caminaron el uno al encuentro del otro por la Gran Muralla china.

Yo habría tenido bastante con un periodo de llanto, explicaciones, discusiones, un tira y afloja, como hace todo el mundo. Pero no, Doug se lo quedó todo dentro, tomó la decisión él solo y me la comunicó repentinamente, después de más de veinte años juntos.

Al negarse a hablar, me crucificó endosándome el papel de víctima. Solo el verdugo puede liberarte, explicarte los motivos del dolor que te ha causado: me lo dijo una chica del coro que estudia Criminología.

Desde hace seis meses canto, junto a otras voluntarias, en un coro de presos drogodependientes. Voy a la cárcel dos veces por semana. Yo también tengo que desintoxicarme.

–Con el tiempo, aprenderá a transformar ese dolor –dice Anna Del Fante.

–¿Y te cobra la idiota esa de la loquera? –comenta la Voz.

Creo que el afecto que me tiene Anna Del Fante le molesta, pues no hace más que hablar mal de ella.

–¿No entiendes que una psicoanalista no debe mostrarse afectada? Por algo se dice «afectado de una enfermedad»: afectado de tuberculosis, afectado de tisis. Una psicoanalista no debe mostrarse afectada. *Verboten!*

Desde que Doug me abandonó, solo me siento bien en la cárcel.

Allí no soy una mujer a la que ha abandonado su marido, sino una artista del coro. Así nos llama el director cuando quiere que le prestemos atención: a veces, durante los ensayos, parloteamos como si estuviéramos en el colegio y nos reímos de él. Si nos pasamos de la raya, levanta los brazos y nos llama: «¡Artistas del coro!».

En el coro cantan unos cuarenta presos y diez voluntarias como yo. Luego están las tres funcionarias del Consorcio Sociosanitario y la directora del equipo. Las voces femeninas son fundamentales en el coro.

Una de las voluntarias es veterinaria, dos son profesoras, otra es abogada y otra enfermera. Luego están las cuatro estudiantes que quieren especializarse en Criminología.

Yo soy la única que no trabaja.

—Ese es el problema —ruge la Voz—. Cuando yo estaba deprimida, el arte fluía dentro de mí como un río kárstico, aunque no pintara. ¿Cómo crees que vas a salir de esta si lo único que haces es desesperarte en el sofá? Vuelve a dibujar, vende vestidos, ¡haz algo! Hoy en día tenéis todos esos chismes, ¿cómo se llaman?, los blogs de moda, Instagram y esas cosas... ¡Despierta, preciosa! Estás en 2019: una mujer debe pensar ante todo en su trabajo.

El director del coro vive en nuestro edificio, en el piso de abajo. Nos conocimos una noche en que se me había inundado el cuartito de la lavadora y él subió a casa. No me había enterado de nada, Doug no estaba y me asusté al oír el timbre a aquellas horas y..., además, ¿por qué sonreía aquel tipo?

Me enseñó en su teléfono las fotos de la pared de su casa, toda empapada de agua. Hasta la cama se había mojado. Luego me ayudó a encontrar la llave de paso para cortar el agua y me pidió disculpas por las horas, por las molestias, por todo.

Yo me puse muy nerviosa ante lo que parecía un desastre irremediable, pero él se mostró muy amable conmigo.

—Con el tiempo se seca, luego se vuelve a pintar y todo arreglado. No se preocupe —me consoló.

Después del escape de agua, le di un poder para las reuniones de la comunidad, a las que Doug y yo no íbamos nunca, y cuando nos cruzábamos en el ascensor o en las escaleras charlábamos un rato.

Me contó que era subdirector en un colegio de primaria.

—Pero mi verdadera pasión es el canto —me confesó, y añadió que desde hacía diez años dirigía un coro en San Vittore.

Yo no le dije que había trabajado como modelo durante diez años.

De pequeña dibujaba, luego estudié el bachillerato artístico, más tarde empezó lo de las fotos.

Cuando dejé de posar trabajé unos cuantos años como estilista para revistas de moda, después las cosas empezaron a ir mal. Ya hace casi dos años que no trabajo.

−«El artista no es libre en la vida, sino solo en el arte», afirmaba Vasili. ¡Encuentra tu forma de arte y deja ya de lamentarte, por Dios! −se enfada la Voz.

−¡Pero yo no soy artista! −respondo.

−¡Tú eres tú, caramba. Y con eso basta! −grita.

Una tarde de febrero volví a ver al director del coro: estaba delante del mostrador de los lácteos, en el súper de los paquis.

Así de repente, me pidió que me uniera al coro de las voluntarias, en San Vittore, como si fuese una idea que llevara barajando desde hacía tiempo y que no veía el momento de proponerme. Yo por entonces estaba más delgada y pálida de lo habitual: tal vez se dio cuenta de que no estaba bien.

Desde que Doug se marchó solo como yogures: pongo un yogur en una taza con trocitos de fruta y como y ceno sentada en el sofá, observando la magnolia del patio y pensando durante tardes enteras que, si me tirase por el balcón, dejaría de sufrir.

Un domingo por la mañana llamé a Doug por teléfono y se lo conté.

Él me dejó perpleja:

—Oye, que todo el mundo tiene pensamientos suicidas de vez en cuando, no solo tú. Es normal.

No pensaba que lo fuera, pero, si lo dice Doug, me lo creo.

Durante la última sesión antes de las vacaciones, Anna Del Fante me aconsejó que las pasara con alguien que no tuviera nada que ver con Doug.

La única amiga, por parte mía, que tengo es Alessandra. Nos hemos visto poco en las dos últimas décadas, porque ella ha pasado diez años en Berlín y luego ha vivido un tiempo en Colonia y Fráncfort.

Desde hace dos años vive en Múnich y yo había pensado en ir a verla, sobre todo porque es uno de los pocos sitios en los que no he estado con Doug.

Que, por cierto, no son muchos: a Doug le encantaba viajar y me acompañaba en mis sesiones de fotos por medio mundo. Para su cumpleaños, siempre le regalaba un fin de semana en alguna capital europea.

A él también le gustaba regalarme cosas: una bicicleta, esquís... Siempre cosas que sirven para moverse.

—A lo mejor lo que quería era que te quitaras de en medio —se burla la Voz.

Dado mi trabajo, me habría encantado ir siempre vestida con chándal, pero Doug me regalaba vestidos de colores y cortes que yo jamás habría elegido y que, sin embargo, me quedaban perfectos.

Yo tengo buen gusto, pero él mucho más. Es mejor que yo en todo: más inteligente, más aplicado.

—¡Y más listo! —espeta la Voz, riéndose a carcajadas—. Como Vasili. ¿Crees que un genio no puede ser listo y oportunista a la vez? Lo es más que los demás, porque se ampara en la excusa de que tiene una misión. En Murnau, mientras el maestro escribía su obra fundamental armonizando los colores con la música y disertando sobre la esencia espiritual y la necesidad interior, yo salía a la nieve en busca de leña, carne, patatas o pescado ahumado. Y no es que yo no tuviese trabajo, ¿sabes, preciosa?

–Necesita tiempo, pero lo conseguirá –dijo Anna Del Fante, antes de darme hora para septiembre.

Me pregunté cómo serían sus vacaciones, con aquellos hijos que habían perdido a su padre recientemente.

–¿Y usted adónde va?

Ella respondió encogiéndose de hombros:

–A la playa, como siempre: los niños tienen allí a todos sus amiguitos.

Anna Del Fante hace lo contrario de lo que aconseja, es empática y parcial. Según la Voz, es una diletante, pero yo pienso que es una mujer abierta y flexible.

A pesar de la tragedia que ha vivido, no puedo evitar sentir cierta envidia de Anna Del Fante: envidio a todo aquel que no sea yo, sobre todo si tiene hijos, padres o alguien de quien ocuparse. Yo no tengo a nadie. Y nunca se me ha dado bien ocuparme de mí misma.

–Pues ya va siendo hora de empezar: *besser spät als nie!* –suelta la Voz, olvidando que no hablo alemán–. Más vale tarde que nunca –recalca, leyéndome el pensamiento.

En Múnich hacía un calor insoportable, peor que en Italia. Llegué a la estación a las ocho de la mañana y cogí un taxi hacia Enhuberstrasse.

Alessandra es directora comercial de Escada, viaja cien días al año y tiene una casa cómoda y luminosa que parece abandonada.

Volvió a la hora de cenar –yo le había preparado pasta con tomate– y nos quedamos hablando, bebiendo y fumando hasta las tres.

Alessandra es la única persona que aún hoy me llama Gialla o Arañita, y yo la llamo a ella Slandra. En el dialecto de Comacchio, *slandra* significa «peste». De niñas nos hacía mucha gracia llamarnos así: Slandra y la Arañita, o Slandra y Gialla. Nos gustaba imaginar que éramos dos marginadas irreverentes; por eso, años más tarde, en Milán, nos maravilló descubrir que, en lombardo, *slandra* significa «puta», si bien por aquel entonces, a diferencia de hoy, no existía la moda de las *bitches*.

En nuestra imaginación, Slandra y Gialla se convirtieron en dos *bad girls* muy sexis, dispuestas a vivir mil aventuras.

Al día siguiente de nuestra velada alcohólica para celebrar el «reencuentro de Gialla y Slandra», como lo habíamos bautizado durante nuestras charlas nocturnas, nos despertó una llamada del hermano de Alessandra. Le decía que volviera enseguida a Comacchio porque su madre se había puesto enferma. Y Slandra se fue.

Me quedé sola en una ciudad extraña y más calurosa que la mía.

De noche bebía cerveza en los *Biergarten*, de día paseaba por parques y museos.

No debería beber, porque con la talasemia el hígado está más predispuesto a las hepatitis, pero prefiero beber alcohol antes que tomar psicofármacos, aunque Anna Del Fante no esté de acuerdo.

—Los ansiolíticos conducen a la ansiedad, pero el alcohol conduce al infierno —suele decirme.

Durante los primeros seis meses después de que Doug me dejara, tomé somníferos todas las noches.

Los probé todos, pero ninguno de ellos me ayudaba a dormir más de cuatro horas. Con el alcohol, duermo cinco.

Bueno, va a días: a veces me tomo una pastilla, a veces bebo. Tarde o temprano podré pasar sin todo eso, pero, de momento, se trata de sobrevivir.

Tampoco es que beba mucho: a mi hígado le basta con dos o tres vasos de cerveza o de vino para atontarme.

Alessandra me sugirió que probara con la marihuana. Ella aún fuma de vez en cuando y la velada del «reencuentro» me preparó un porro ella misma.

Por suerte, llevaba Ansiolin conmigo, porque al día siguiente, tras recibir Alessandra la llamada de su hermano, no me sentó demasiado bien su marcha.

¿Qué es lo que me pasa? ¿Por qué todo el mundo me deja? Primero mi padre, luego mi madre, después Doug. Y ahora, hasta Alessandra.

Me vino a la mente una frase de *Old Boy*, una película coreana preciosa y, al mismo tiempo, aterradora: «Ríe y el mundo reirá contigo, llora y llorarás solo».

La madre de Alessandra solo había tenido una isquemia leve, pero sus hermanos le pidieron que no la dejara sola hasta que ellos volvieran de sus vacaciones.

No son personas a las que se les pueda llevar la contraria cuando piden algo.

De jóvenes se metieron en riñas y reyertas con navajas, pero desde que sentaron la cabeza se han convertido, según Alessandra, en burgueses conservadores.

De todas nuestras compañeras de colegio, Alessandra y yo somos las únicas que no hemos tenido hijos: ella porque no ha querido, yo porque no he podido.

Íbamos juntas al colegio desde primaria. Luego, ella eligió el bachillerato científico y yo el artístico, en Rávena.

—Si eres inteligente, estudias a los clásicos. Si eres muy inteligente, estudias matemáticas como yo. Y si eres tonta como tú, estudias arte —afirmaba, para burlarse de mí.

Ella será muy inteligente, pero, a la hora de ir a la universidad, eligió Economía en lugar de Matemáticas para ganar dinero y poder irse de Comacchio.

Decía que sus hermanos eran machistas y también un poco fascistas.

Yo siempre se los he envidiado, pues, de pequeña, hacían

que me sintiera protegida: sí, por entonces yo era Gialla, la Arañita huérfana de padre cuya madre era TDT, pero también era amiga de Sandra, la de los hermanos que no se andaban con tonterías.

Tenía dieciocho años y estaba con ella en un concierto de David Bowie en Milán, cuando una mujer rubia me paró y me propuso hacerme fotos para una agencia de moda.

Fue Alessandra la que me convenció de que aceptara.

Hasta mi madre me animó, aunque solo fuera por una vez.

—Es la revancha del patito feo —me dijo.

Mi madre siempre me criticaba por todo: por la delgadez, por la palidez, por el carácter, por los novios que tuve antes de Doug. Mis tías comentaban que estaba deprimida después de haber perdido a mi padre de aquella manera, cuando me esperaba, y que antes no era así.

Lamento que papá muriera antes de que él y mi madre tuvieran otros hijos: si yo hubiera tenido hermanos como los de Alessandra, expertos con la navaja, tal vez Doug se lo hubiera pensado dos veces antes de dejarme.

Cuando Alessandra me anunció que no volvía a Múnich, pensé en reunirme con ella, pero a Doug le gustaba tanto Comacchio —decía que era una Venecia en miniatura— que, cuando vuelvo allí, aún me siento peor.

Al quedarme sola en Múnich, empecé a beber cada vez más temprano, en torno a las once de la mañana, y me pasaba los días y especialmente las noches en continuo estado de alteración.

En realidad, ni siquiera recordaba lo que hacía.

Lo primero que traspasó la tela de la angustia que me envolvía fue una exposición en la Lenbachhaus.

La Lenbachhaus es uno de los museos más bonitos de Múnich y está cerca de la casa de Alessandra, pero yo me acerqué hasta allí solo para huir del calor asfixiante. Había una muestra dedicada a una pintora alemana que, me parecía recordar, estaba con Kandinski en el grupo El Jinete Azul.

Aquel día, las obras de Gabriele Münter –tan llenas de color y tan desprovistas de alegría– me hipnotizaron.

Me quedé en el museo hasta la hora de cierre, observando una y otra vez aquellos paisajes y aquellos retratos del alma atormentada, preguntándome si habría sido la guerra que se estaba gestando en Europa o algo más personal lo que había otorgado aquella mirada a la artista.

Según su biografía, había sido la compañera sentimental de Kandinski durante catorce años, así que decidí visitar la casa de Murnau –a setenta kilómetros de Múnich– en la que habían vivido juntos.

El sábado cogí un tren y, tras un recorrido de cincuenta y cinco minutos por un agradable paisaje bávaro, llegué a Staffel.

Aquella mañana solo había bebido mucho café y me sentía más lúcida que de costumbre.

Sol, cielo azul, menos humedad que en Múnich: Murnau era una localidad pintoresca y cuidada, repleta de galerías y agradables cafés.

Si hubiera estado en plena forma, me habría parecido un lugar encantador, pero, tal y como me encontraba –sin Doug para compartirlos–, los lugares encantadores solo empeoraban mi melancolía.

La «casa de los rusos» –como la llamaban en tiempos de Kandinski, según la guía– era la atracción local, por lo que estaba indicada en multitud de cartelitos de madera.

Llegué a pie desde la estación: la casa se levantaba en la ladera de una pequeña colina, rodeada por un jardincito y unas cuantas viviendas que probablemente no debían de existir cuando Münter y Kandinski vivían allí.

Era una típica casa bávara pintada de amarillo y azul, mucho más pequeña de lo que imaginaba.

En la entrada, al pie de la escalera de madera que conducía a los pisos superiores, había un gran retrato fotográfico de Gabriele Münter.

Era un retrato muy sugerente, en blanco y negro.

Su protagonista me observaba con unos ojos clarísimos a través de los dedos de la mano que tenía apoyada en la cara, sin sonreír.

Apenas entré en el comedor amarillo y naranja, cuando me llamó una voz femenina de acento alemán:

–¡Galla!

En la habitación solo había dos chicos franceses en pantalón corto que contemplaban las pinturas sobre vidrio colgadas en las paredes.

Me volví hacia todas partes para averiguar de dónde procedía aquella voz y, entonces, la oí de nuevo.

–Me llamo Gabriele, como el arcángel –dijo–, pero en Alemania es nombre de mujer. El tuyo, en cambio, ¿qué clase de nombre es?

Pensé que se trataba de una alucinación sonora, pues no había conseguido dormir desde aquella misma mañana en que Doug había entrado en el baño mientras yo me cepillaba los dientes, se había sentado en la taza del váter y, dirigiéndose a mi imagen reflejada en el espejo, había dicho: «¿Qué te parece si nos separamos?».

Llevábamos juntos una vida entera. Discutíamos y alguna que otra vez yo le había dicho que quería irme de casa, pero solo para que él me respondiese que no podía vivir sin mí.

Doug no hablaba mucho, pero siempre respondía lo mismo: «Yo nunca te dejaré».

Y yo me había conformado con eso.

Aquella mañana, sin embargo, me había hecho trizas el corazón.

Doug, a diferencia de mí, no es la clase de persona que habla esperando que le lleven la contraria. Él solo dice lo que quiere decir, es una persona que piensa antes de hablar y aquella mañana, en el baño, le propuso a mi imagen del espejo que nos separásemos.

No me lo esperaba, jamás lo hubiera imaginado y no me lo podía creer. Lo único que sabía era que hablaba en serio.

Yo, como es habitual en mí, reaccioné de modo maternal y masoquista: le apoyé en el hombro la mano con la que no sujetaba el cepillo y respondí:

–Me parece que, si es lo que quieres de verdad, debes hacerlo.

Siempre se me ha dado bien motivar a los demás para que sean valientes. Yo también lo fui en mi vida anterior, antes de que Doug me dejara.

He revivido aquella escena miles de veces. Me gustaría haberle dicho: «Me parece que no quiero» o «Si estás en crisis, esperaré» o «Por encima de mi cadáver».

Tendría que haberle dado un puñetazo en la nariz, preguntarle si había perdido el juicio, gritar, obligarlo a explicarse, a explicármelo, a sufrir conmigo.

Para mí las cosas hubieran resultado más fáciles después, aunque, de todos modos, nos hubiésemos separado.

Pero en lugar de eso, ya fuera por orgullo o ganas de autolesionarme, contesté lo único que le favorecía a él y me perjudicaba a mí, y así me quedé sola planificando un duelo para mí inaceptable.

Durante los veinte años que habíamos pasado juntos, más de una vez me había quejado de que me sentía sola. De repente comprendí lo que significaba quedarse sola de verdad.

La mañana en que Doug le habló a mi imagen reflejada, yo era una mujer sin útero y sin trabajo. Llevaba meses en crisis, pero estaba intentando levantar cabeza otra vez y Doug me acababa de dar el golpe de gracia.

Me había hecho tanto daño que olvidé de pronto el empeoramiento de la talasemia, las transfusiones, el aborto. No eran nada en comparación con el dolor que me había provocado él.

Mi marido, el hombre en el que más confiaba en este mundo, el hombre honesto, racional, íntegro y sabio al que amaba desde hacía veinte años y con el que lo había compartido todo, me había quitado la alfombra de debajo de los pies sin previo aviso y sin explicaciones.

Pam.

Desde el día en que se me presentó en su habitación de Murnau, Gabriele me habla sobre todo cuando estoy en el sofá observando la magnolia.

El último domingo de agosto reapareció en Milán.

La noche anterior yo había ido a un bar en la plaza Lodi con un amigo y su nueva novia, y había bebido tanto vodka que no recuerdo cómo volví a casa.

Me desperté con el buen humor de los borrachos, ese que al cabo de unas horas se transforma en una angustia profunda, y entonces oí la Voz.

—A mí también me gustaba el vodka, pero yo lo aguantaba —dijo, con ese acento alemán que suena a broma.

Al parecer, tenía ganas de hablar.

—¿Tú de qué signo eres, preciosa? Yo, acuario; soy del 19 de febrero. A Vasili, que nació el 16 de diciembre y era sagitario, le encantaba viajar. A ti, en cambio, te conviene no moverte mucho hasta que te recuperes un poco. ¿No sabes que, cuando uno está mal, alejarse de casa empeora el estado de ánimo? Antes de establecernos en Murnau, Vasili y yo siempre estábamos viajando, pero éramos felices. Luego, cuando Vasili decidió parar un poco, compré la casita en la que nos hemos conocido. Es bonita, ¿verdad?

—Un poco pequeña —le respondí.

Las sienes me palpitaban por culpa de los muchos Vodka *sour* de la noche anterior.

—¡Solo era una casita de campo! También teníamos un piso en Múnich, en el 36 de Ainmillerstrasse, pero Murnau era nuestro lugar preferido.

Me tomé dos aspirinas y ella se ablandó un poco.

—¿Sabes por qué estoy aquí, preciosa? Cuando entraste en mi casa, reconocí tu dolor y decidí ayudarte. Vasili también desapareció sin dar explicaciones, después de catorce años juntos, y yo también pensé, al igual que tú, que me iba a morir. Desde el día en que se fue a Moscú, no volví a tener noticias suyas. Me enteré por casualidad de que, al cabo de tres meses, ya estaba con aquella rusa de diecisiete años, Nina: veinte años menos que yo y treinta y tres menos que él. De sus abogados, en cambio, sí tuve noticias: querían que le enviase sus cuadros. «Díganle que venga él a buscarlos», les respondí.

La Voz era incesante, como mi dolor de cabeza.

—A los cincuenta años, ¿de qué puedes hablar con una cría de diecisiete? Léete las memorias de Felix Klee, el hijo de nuestro amigo Paul: cuando Vasili daba clase en Bauhaus, en Dessau, se aburría tanto con ella que leía en la mesa. «Normalmente se habla durante la cena. Este no era el caso de Kandinski, que, sentado a la mesa, leía un libro. Parecía un profeta», escribe Felix. Ja, ja, ja —se burló.

—A Doug también le gustaba leer de vez en cuando mientras cenaba, ¿qué tiene de malo? Leer mientras comes con alguien es señal de intimidad —me aventuré a responder.

—¿Intimidad? ¡Qué va! —estalló la Voz—. Lo que pasa es

que se aburría. Aparte de que leer mientras se come es una costumbre bárbara, propia de estadounidenses. Tengo un montón de parientes estadounidenses, sé muy bien lo que digo.

—Después de tantos años juntos —protesté— no siempre se tiene algo que decir; a veces también es bonito quedarse en silencio, juntos.

¿Será cierto que Doug se aburría conmigo? A veces lo pienso.

—Son narcisistas. Te aman mientras los hagas sentirse importantes, pero si los pones en duda, si los criticas y, sobre todo, si envejeces, te afeas, te pones enferma o tienes problemas, no sufras, que te van a dejar. Solo es cuestión de tiempo. ¿Envejecer juntos y compartir los recuerdos? No, esos solo saben amarse a sí mismos, te aman hasta que dejan de considerarte útil y decorativa. Sí, es cierto que te aman, pero porque lo que aman en ti es una parte de sí mismos, la maravillosa película de sí mismos que se cuentan. Vasili no me amaba a mí: amaba a la heredera que le resolvía los problemas, a la pintora de talento, a la amante disponible... Cuando empecé a resultarle incómoda me eliminó y sustituyó en tres meses. ¡Tres meses! Después de catorce años juntos. Y qué años...

Era la resaca más absurda de toda mi vida. ¿Qué me habían echado en aquellos cócteles? ¿Podía ser que me lo estuviera imaginando todo? Y, sin embargo, oía de verdad aquella voz y no parecía dispuesta a desaparecer.

Mientras permanecía tumbada con los ojos cerrados, tratando de respirar hondo para combatir las náuseas que empezaban a invadirme, la Voz me soltó una parrafada tan apasionada como incontenible.

–Tú sabes cuándo nació el arte abstracto, ¿verdad? En 1910, con la primera acuarela de Kandinski, la que no tiene título.

»¿Y con quién estaba Vasili Kandinski en 1910? Con Gabriele Münter, desde hacía ocho años.

»Estaba conmigo cuando creó la obra que cambió la historia del arte, estaba conmigo cuando expuso por primera vez, estaba conmigo cuando se inventó El Jinete Azul y escribió *De lo espiritual en el arte.* Y estaba conmigo cuando escuchó a Schönberg y pintó *Impresión III*: lo compartimos todo durante catorce años. Yo era la persona que más apoyaba su trabajo. Catorce años de viajes, encuentros, discusiones, amistades, proyectos, enfrentamientos... Catorce años, permíteme que lo diga, brillantes y fecundos. ¿Leer en la mesa? No, en la mesa nosotros hablábamos de arte y de música. La vida y el arte eran una misma cosa, el arte definía nuestra época y nos indicaba el futuro. El nuestro era un intercambio total. Absorbente, eso sí. Y cuando el juego se complicó, debido a la guerra y a los problemas que toda pareja afronta después de tantos años, el genio prefirió escabullirse.

»En 1920 supe que, tres meses después de haberse marchado, ya estaba con otra: ni siquiera tuvo el valor de decírmelo en persona. Los hombres pierden la cabeza al llegar a los cincuenta, ya no temen hacer el ridículo: algunos se compran una moto, otros se ponen camisetas de cantantes... Y expulsan a los testigos incómodos, o sea, a nosotras, preciosa, las compañeras de toda la vida, aquellas gracias a las cuales se han convertido en lo que son. ¿Envejecer jun-

45

tos y compartir los recuerdos? No, ellos no quieren envejecer ni recordar...

Noto que las náuseas me vencen antes de que la Voz termine su monólogo y corro al cuarto de baño a vomitar.

Doug no es guapo, pero a mí me gustaba. Solo yo veía su atractivo y la luz de su mirada, solo yo sentía la fuerza de sus brazos y olía la fragancia de su cuerpo.

Casi todos los presos que cantan en el coro son árabes o del sur, y casi todos son guapos.

Ensayamos en el último piso del ala tercera. Cantamos de pie al fondo del pasillo, bajo un gran ventanal en forma de media luna con los barrotes y los cristales cubiertos de polvo.

En esta cárcel vieja todo está un poco sucio, húmedo y polvoriento.

Canto en la tercera fila del grupo de las mujeres; a mi izquierda, empieza el de los hombres.

El director del coro ha elegido un repertorio milanés: Jannacci y Dario Fo, Claudio Sanfilippo, Nino Rossi. *A mì me piass*, de Claudio Sanfilippo, me hace llorar, pero es una tristeza hermosa, no como esa tristeza angustiosa que me impide dormir cuando pienso en Doug.

«A mì me piass fà finta de vardà la lüna
anca in d'i nott che l'è scondüda».[2]

2. En dialecto milanés: «A mí me gusta fingir que miro la luna / incluso en las noches que está escondida». (N. de la T.).

Lo mejor, para los presos, es que después de un año de ensayos van a salir de la cárcel para el concierto. Actuamos en el Auditorio Municipal el 21 de diciembre. Aunque, según dicen, los jueces no concederán permiso a todos los presos y, de las cuarenta solicitudes que presentaremos, solo aceptarán la mitad y los otros se llevarán un disgusto.

Espero que a Tommy le den permiso.

Tommy nunca ha dado muestras de haberse fijado en mí y puede que, por eso, sea mi preferido.

Tiene veinte años, canta y toca la batería; está en la cárcel por tráfico de heroína. Es guapísimo, si bien cada día que pasa está más hinchado y más apagado. Tiene un pequeño corazón roto tatuado debajo de un ojo. Me gustaría hacerme uno igual, en la cara, pero creo que no tendría valor para ello. Me lo he dibujado con un rotulador y me he dado cuenta de que tiene la misma forma que un par de alas.

Hacia las cuatro de la tarde, mientras cantamos, un intenso olor a sofrito invade el pasillo de nuestra planta: son los presos que no cantan en el coro y que han empezado a preparar la cena de las seis. Me gustaría quedarme a cenar con ellos, pero no está permitido.

Cuando las otras voluntarias y yo salimos, nos despedimos de muchos de los presos con besos en las mejillas o apretones de mano, y siempre se produce un momento de tristeza.

Nosotras nos vamos, ellos se quedan dentro.

A las ocho los encierran en sus celdas y empieza para ellos una noche infinita.

—Pues eso, intenta recordarlo —dice la Voz cuando vuelvo a casa—. Hay quien está mucho peor que tú.

48

En la salita de espera de Anna Del Fante suelo cruzarme con el paciente de la sesión anterior a la mía, o con la paciente que va después de mí. Me gustaría conocerlos, pero sé que no sería correcto.

Quizá ni siquiera deberíamos encontrarnos, quizás exista un protocolo de horarios escalonados que Anna Del Fante no sigue.

Me gusta que Anna Del Fante sea poco ortodoxa: me tranquiliza en lugar de indignarme, como querría Gabriele, porque demuestra que es humana.

Cuando me encuentro con «Antes» y «Después» –como los llamo yo–, intento robarles una mirada, sobre todo a «Después», la chica.

Al salir yo de la consulta en la que tienen lugar las sesiones, puedo verla en la entrada, sentada en la silla que está junto al paragüero, con los auriculares blancos en los oídos y el pelo rubio tapándole la cara como si fuera una cortina.

Siempre inclinada e inmóvil, concentrada en el teléfono que tiene entre las manos apoyadas en las rodillas.

«Antes», el hombre, no sonríe, se limita a saludarme levantando la barbilla.

Tiene un rostro extraño, cuadrado, repleto de arrugas como esos perros chinos –*shar pei* se llaman, creo–, pero es más joven que yo.

Quisiera decirle que una americana y unos pantalones de Muji cuestan menos y sientan mejor que esos polos ordinarios que lleva él.

La consulta de Anna Del Fante se halla en la quinta planta de un edificio silencioso de balcones corridos, en el barrio chino.

Vengo a pie desde casa, cruzando el parque que tanto le gustaba a Doug.

Durante el trayecto intento recordar los sueños que he tenido para contárselos a Anna Del Fante, algo posible solo cuando consigo esquivar el recuerdo de Doug asomando al fondo de un prado, en el puente de los patos, cerca del estanque de las tortugas o bajo el *ginkgo biloba*.

El parque Sempione era uno de sus lugares preferidos en Milán. Iba allí a correr o a jugar al baloncesto, y en verano tomábamos el sol en bañador tumbados en la hierba, como si estuviéramos en la playa.

Desde que me dejó y trasladó su estudio a plaza Tricolore, una zona que antes detestaba, frecuenta los jardines de Porta Venezia.

Cuando le hice notar que había cambiado de gustos me respondió, en tono complacido: «Suele pasarme». No es cierto. Una de las cosas que más admiraba en él era, precisamente, su constancia, porque yo soy lunática. Doug siempre estaba a mi lado o, al menos, eso decía.

Nunca le he visto los ojos a «Después», la chica. No cambiaría en absoluto su forma de vestir –vaqueros y sudaderas gruesas–, solo le añadiría gafas de sol y un gorro Madson, en vista de que le gusta esconderse.

Vislumbro su oreja izquierda, que asoma entre el pelo rubio: es una oreja pequeña, perforada por muchos aritos de plata.

No sabría decir cuál de nosotros tres parece más infeliz. Puede que yo.

«Después» es joven y tiene toda la vida para curarse. «Antes» es un hombre: para ellos, como dice Gabriele, todo es siempre más fácil.

Todos los días me despierto pensando: «Hoy voy al instituto sin falta»; pero luego no lo consigo.

Cuando ya estoy a punto de salir, me entra una especie de bloqueo, algo así como «Prefiero pegarme un tiro antes que ir».

Se lo dije a la *psico* y sonrió, como si creyera que me iría bien dispararme: es supersimpática.

La *psico* es feliz, siempre está tranquila.

Yo no tenía el más mínimo deseo de venir a su consulta, pero, por suerte, la *psico* habla poco, sonríe, asiente con la cabeza. No me pone nerviosa.

Ahora ya no me incomoda tanto estar aquí sentada mientras ella me observa.

–Ponte ahí, delante de mí –dijo la primera vez mientras señalaba la butaca que estaba delante de su mesa.

No me habría gustado mucho tener que tenderme en el diván.

La *psico* lleva alianza, está casada. Una vez me la encontré en la farmacia con una niña de unos once años que debía de ser su hija: iba vestida de pies a cabeza de un rosa horroroso, como si fuera una cría de seis años.

Mi madre me ha contado que hasta los siete yo también vestía así, pero no me lo creo: odio el rosa.

No hay muchas fotos de cuando yo era pequeña porque, cuando papá se fue, se cargó por error el ordenador grande y estaban todas allí.

Como era de esperar, mamá soltó: «Qué raro, ¿verdad? Tenía que ser precisamente el ordenador con todas las fotos de la familia».

Solo se conservan algunas de cuando yo era muy bebé, que habían imprimido para regalárselas a la abuela, y unas cuantas de alguna fiesta con los niños de la guardería.

De la guardería solo recuerdo un bedel con escoba que me daba miedo y una maestra supersimpática que tocaba la guitarra. La obsesión por la guitarra me viene de ahí.

La que viene antes que yo también me parece simpática.

Cuando sale de la consulta de la *psico* y pasa por delante de mí en la salita, me sonríe; pero yo finjo no verla.

Está delgadísima, viste vaqueros negros muy ceñidos y una chaqueta de piel *vintage*. Tiene estilo.

Se parece a aquella actriz de las películas que tanto le gustan a mi abuela: Charlotte Gainsbourg.

Yo la llamo Charlotte.

Siempre lleva zapatos bonitos, lo cual es raro en la peña de su edad: bien Converse blancas o negras, bien botas bajas.

La *psico*, en cambio, se pone unos zapatos horrorosos tipo salón, con un tacón bajo que, vamos..., ni mi abuela.

Para tener setenta y cinco años, mi abuela no viste nada mal; es más, viste mejor que mi madre. Tiene su propio estilo blusa-pantalón-mocasines, mientras que mi madre es una mezcla caótica de vestido de fantasía y chándal de vergüenza ajena.

Desde que murió mi abuelo, mi abuela va mucho al cine, hace cursos raros y tiene un montón de amigos: es muy vital y positiva, aunque tenga obsesión por algunos directores angustiosos como Lars von Trier, Agnès Varda e Iñárritu. Mamá la odia.

¿Qué quería mamá? ¿Que, después de quedarse sola la abuela, se pasara la vida en casa lamentándose como hace ella?

El abuelo murió cuando yo tenía, no sé..., seis años. Recuerdo que una vez, en la playa, me compró un helado y se me cayó al suelo al primer lametón: no me compró otro, como sí hubiera hecho la abuela.

Entonces me entraron ganas de llorar, no por el helado, sino porque el abuelo era malo. Pero no lloré, me tragué el nudo que se me había formado dentro y que me hacía estallar el pecho.

Quién sabe por qué recordamos unas cosas y no otras.

Pues mira, cuando no se me ocurra nada que decirle a la *psico*, igual le cuento la historia esa del helado que se me cayó.

Mamá odia a la abuela, pero, en las cosas importantes, sigue su consejo: fue ella quien le dijo que me mandara a la *psico* y que empezara a trabajar otra vez.

Cuando mamá dice que, de joven, la abuela «hacía política», es como si la admirase y la envidiase al mismo tiempo. La abuela trabajaba como enfermera en un hospital, al igual que el abuelo, y estaban metidos en no sé qué movimiento.

—Siempre se ocupaban de todo el mundo, menos de mí —se lamenta mamá.

Mi madre es una pesada, no para de quejarse. Papá no se queja nunca. Yo, por fuera, no me quejo; pero, por dentro, me siento mal.

A veces pienso que me falta como una enzima, molécula o algún rollo químico que estimula la serotonina o la oxitocina, esas cosas que nos hacen estar bien. Hasta Tere me dijo un día que tendría que tomar, no sé..., litio o algo, como la tía esa de *Homeland*.

¿Por qué yo siempre me estoy lamentando, mientras que Tere, papá, la abuela y otras muchas personas son tan optimistas?

Creo que ese algo le faltaba también a Jahseh –se nota por su forma de cantar– y que él lo buscó en las drogas.

Jahseh siempre ha llevado una vida absurda, desde pequeño. Yo, en cambio, tengo una familia, amigos, no me falta nada. No me he criado en las calles como él, que, a los seis años, le pegó un navajazo al tío que maltrataba a su madre.

Sí, vale, mis padres se separaron, pero en plan tranqui, no rollo trágico. No quiero hablar de ellos con la *psico*.

Sentirme mal me da mucha rabia.

Me siento como esos pringados de los programas que ve mamá en la tele, esos que en lugar de cerebro tienen sentimientos y que cada dos palabras sueltan un «Soy yo mismo» o «Sé tú misma». Pues no seas tanto tú mismo, ¿vale? ¿Y si resulta que eres un pringado? Yo quiero estudiar, tocar la guitarra, jugar al voleibol, estar bien.

No sé cuándo empezó todo ni por qué estoy así.

Ya hace casi un año que no voy al instituto: desde octubre del año pasado. Puede que todo empezara con aquella profe de Matemáticas que me odiaba claramente.

Dejé de ir el día del primer examen y ya no he vuelto.

Poco a poco, todo empezó a ir mal. Abandoné los torneos de voleibol. Dejé de tocar la guitarra. Hasta casi dejé de salir. Y, al final, Tere cortó conmigo.

Ahora que me he documentado, sé bastantes cosas de Gabriele Münter.

Nació en Berlín en 1877, en el seno de una familia muy acomodada. Era la pequeña de cuatro hermanos. Cuando tenía nueve años murió su padre y, un año después, uno de sus hermanos. Al cumplir los veinte –mientras Ernst Bosch le daba clases privadas de pintura en Düsseldorf–, perdió también a su madre.

Convertidas en huérfanas, Gabriele y su hermana Emmy –seis años mayor– decidieron viajar a los Estados Unidos para reunirse con su familia materna, y allí se quedaron dos años.

Mientras Ella y Emma Münter viajaban de Nueva York a Texas a través de Misuri y Arkansas, Gabriele hizo cientos de fotografías con la Kodak Bull's Eye n.º 2 que le había regalado un tío suyo nada más llegar a los Estados Unidos.

Yo había visto esa cámara fotográfica dentro de una vitrina en la casa de Murnau: no debía de ser fácil de usar.

–¡Ya puedes decirlo en voz bien alta, preciosa! No tenía una cámara digital como tu Doug, quien, por cierto, tal vez tenga buen gusto pero no es un artista. ¿Tienes idea de cómo se sujeta una Kodak Bull's Eye n.º 2 y de lo que pesa? No, no tienes ni idea. ¡Y haz el favor de no llamarme Ella, que solo mi hermana me llamaba así! –me grita la Voz.

A estas alturas ya estoy acostumbrada. Gabriele me lee el pensamiento y me maltrata, pero no es perversa. Solo dice lo que piensa, sin preocuparse de si me hace daño o no.

–Preciosa, alguna ventaja tendrá que tener estar muerta. Vamos, sigue. A ver qué has aprendido de mí –me provoca.

He leído que fue en 1902, justo después de volver a Europa, cuando decidió trasladarse a Múnich para inscribirse en la escuela Phalanx de Vasili Kandinski –una de las pocas escuelas de arte que aceptaban mujeres– porque quería tomar clases de escultura y desnudo.

Kandinski tenía once años más que ella y una mujer rusa.

Enseguida afirmó que el talento de Gabriele era tan grande que él no tenía nada que enseñarle.

–Menudo lameculos –lo critica Gabriele–. La primera vez que me besó yo no sabía que estaba casado, pero, de haberlo sabido, tampoco se lo hubiera impedido.

Iniciaron una relación pocos meses después de haberse conocido durante un seminario de pintura al aire libre en los Alpes bávaros, y enseguida empezaron a viajar.

–¡Para estar lejos de su mujer, que vivía en Múnich! Vasili decía que yo era la compañera que siempre había deseado, mientras que su esposa Anja creía haberse casado con un estudioso porque, en Moscú, él cursaba Derecho y Economía Política. Estaba convencida de que tarde o temprano se le pasaría la obsesión de pintar. Fue conmigo cuando Vasili empezó de verdad a creer en sí mismo como artista –se jacta la Voz.

Durante años trabajaron y viajaron por toda Europa y el norte de África. Luego, con el dinero que le quedaba de su herencia, Gabriele Münter compró la casita de pueblo en Murnau, cerca de Múnich, que se convirtió en su atelier, su refugio y punto de encuentro de los artistas de *Der Blaue Reiter*, El Jinete Azul.

–La primera vez que pisé Murnau fue durante una excursión de tres días a los lagos Starnberg y Staffel, en junio de 1908 –precisa la Voz–. Vasili y yo habíamos viajado por todas partes: Holanda, Túnez, Sajonia, Bélgica, la Costa Azul, París, Suiza, Berlín... También estuvimos en Rapallo y en la zona de Merano, pero... ¿quieres creer que nunca había visto paisajes como los de Murnau, entre lagos y colinas? –se exalta–. En agosto regresé con él. Vinieron también nuestros amigos pintores Alexej y Marianne. Alquilamos dos habitaciones en la Griesbräu, supongo que habrás visto mis cuadros desde la ventana de la pensión: *Aussicht aus dem Griesbräu-Fenster*. Todo el mundo los cita porque fue la primera vez que usé una espátula en lugar de pincel. Para mí fue una especie de momento liberador, una revelación –me confiesa.

Después de aquel verano decidieron comprar la casa de Murnau, el lugar que más los había inspirado.

Pintaron el mobiliario y las paredes de sus colores predilectos: amarillo, azul, rojo. En muchos muebles, así como en los escalones de madera, pintaron las flores, los corazones y las escenas de caza que tanto despertaron mi curiosidad durante la visita a Murnau por parecerme más la obra de dos *hippies* enamorados que de dos grandes artistas.

Incluso los libros que vi en la pequeña librería rosa y blanca se me antojaron de críos: *La piel de zapa*, de Balzac, y *Los tres mosqueteros*, de Dumas...

–Todos los artistas son críos, aunque tengan ochenta años; imagínate con treinta. Pero me alegra que captaras la atmósfera de aquel lugar. Piensa que Nina se permitió escribir en su estúpida autobiografía que Vasili solo había sido feliz con ella y que conmigo estaba inquieto y sufría. ¡Pero si conmigo Kandinski se convirtió en Kandinski! Y en Murnau fuimos más que felices, se ve por nuestras obras de aquel periodo, ¿no? Nos sentíamos... inspirados y apasionados. Pintábamos, cultivábamos el huerto, cuidábamos las rosas, tocábamos música, discutíamos... ¿Conoces a alguna pareja de enamorados que no discuta?

–Es lo que siempre pensaba yo cuando discutía con Doug, pero mi psicoanalista dice que algunas personas no lo soportan –respondo.

–Esa sí que es buena –resopla la Voz–. ¿Y qué sabrá ella de los artistas? Nuestras discusiones eran fecundas. Fue precisamente en aquellos años cuando Vasili empezó a dividir sus obras en «impresiones», «improvisaciones» y «composiciones». ¿Has visto la *Composición VI* en el Ermitage? ¿Y la *Composición VII* en Moscú? ¿Y *Plaza Roja*? ¿Y *La variopinta vida*? ¡Todas obras maestras!

»En Murnau, Vasili creó más de treinta y cinco improvisaciones. Seguro que te acuerdas, por lo menos, de la *XXVI*, la que todo el mundo conoce.

»Pero, si te confieso que no me gustan las formas ameboides de sus últimos años en Francia, ¿pensarás que estoy celosa?

–No, pero *Cielo azul*, con sus pequeñas amebas, es una de mis obras favoritas –replico, en parte porque es verdad y en parte para fastidiarla–. Y también me gusta la *Composición X*, con el fondo negro –añado.

Desde que la Voz me persigue, he tenido que repasar la obra de Kandinski.

–Bah –resopla–. En nuestra época, odiaba el negro, pero no me sorprende que, después de veinte años con Nina, le diera por el negro y las amebas. Pobre Vasili: sus padres lo llevaron de viaje a Italia cuando solo tenía tres años. ¡Y después de aquel viaje se separaron!

La Voz se pone a recitar:

–«Paso con mi madre, viajando en una carroza negra, por un puente: me llevaban a un jardín de infancia en Florencia. Y, una vez más, el negro: escalones que descendían hacia el agua negra, en la que se mecía una barca larga, espantosa, negra, con una caja negra en el centro. Subíamos de noche a una góndola...». Vasili me confesó que sus primeras inspiraciones artísticas nacieron precisamente de los miedos de aquel viaje. Y por eso quiso que volviéramos juntos: a Venecia, a Florencia y a Roma, donde había estado con sus padres, pero también a Palermo, Nápoles, Bolonia y Verona. Y un año pasamos el invierno entero en Liguria: llegamos a Génova en diciembre, fuimos a Sestri Levante y luego nos instalamos en Rapallo desde enero hasta finales de abril. Yo tenía veintinueve años y él, treinta y nueve. ¡Qué años más extraordinarios...! –se emociona Gabriele.

Como a todos los estudiantes de arte, durante el bachillerato a mí también me sedujeron las teorías de Kandinski sobre los colores, las formas y las líneas, y sobre todo su principio de la «necesidad interior»: «Lo más importante en cuanto al problema de la forma es si la forma brota o no de una necesidad interior».

En Rávena, el profesor de Disciplinas Pictóricas no dejaba de recordarnos que la primera obra citada en *De lo espiritual en el arte* era precisamente el mosaico del cortejo de Teodora y Justiniano de nuestra basílica de San Vital, el que inspiró a Klimt para su *Retrato de Adele Bloch-Bauer*.

–Por no hablar de tu Dante, preciosa: «César fui; soy Justiniano, que por voluntad del primer amor, de que ahora disfruto en el cielo, suprimí de las leyes lo superfluo y lo inútil» –se pone a declamar la Voz. Parece que hoy está decidida a instruirme–. A Vasili le encantaban los mosaicos, pero a Rávena, por desgracia, nunca fuimos juntos. Fue con Nina, cuando ya tenía sesenta y cinco años. –Resopla–. Tu nombre, Galla, le hubiera gustado –añade con repentina amabilidad–. En nuestro piso de Múnich teníamos dos reproducciones de los mosaicos de Gala Placidia y de San Vital, en Rávena. Vasili decía que los mosaicos bizantinos son obras mágicas. ¿Sabes que realmente te pareces a la emperatriz Gala Placidia, con esos ojos etruscos que tienes y ese pelo oscuro? Deberías inspirarte en su realeza, en lugar de abandonarte así: ¡más Gala y menos Placidia!

La que viene a la consulta de Anna Del Fante después de mí no está nada mal: demasiado delgada, pero tiene un buen culo.

Tiene el rostro consumido, pero me he tirado a tías peores.

Cuando nos cruzamos en la entrada de la consulta, me sonríe. Si no estuviéramos aquí, ya la habría invitado a tomar un café, pero... ¿cómo se lo cuento luego a Del Fante?

He progresado, ya no lo intento con todas.

Ya no me lo monto con las viejas, las feas, las locas o las donantes.

Del Fante está contenta, dice que estamos trabajando bien, así que... ¿cómo podría contarle que lo he intentado con una de sus pacientes?

Y si se lo escondiera, entonces, ¿qué sentido tendría venir aquí, con el sacrificio de tiempo y dinero que supone para mí?

Así que paso. Aunque todas las veces que me encuentro a «Buen Culo», lo pienso. Y estoy seguro de que me la ligaría, porque ella me busca la mirada.

Tengo que contárselo a Del Fante. Tengo que decirle todo lo que me pasa por la mente.

–Esta es su sesión, aquí puede decir lo que quiera –repite ella.

¿Puedo decirle que también me enrollaría con ella?

Del Fante no es guapa, pero es plácida como una vaca, blanca y mansa; me imagino cómo debe de ser en la cama.

En la cama, las mujeres son muy distintas a como son en la vida.

A las prepotentes les gusta que las sometan, las racionales son fantasiosas, las superguapas se distraen, las ansiosas son imprevisibles y las tímidas, volcánicas: solo a través del sexo conoces la verdadera naturaleza de una mujer.

Rosa era un macho: le gustaba follar con brusquedad y no alargar las cosas.

Era una mujer imposible, nunca estaba satisfecha, era excesiva y lunática.

Nicola, no debes pensar en ella. Nicola, joder, no pienses en ella.

Cuando pienso en Rosa, me entra la paranoia.

Tengo fantasías en las que le ocurre algo malo: se pone enferma, pierde el trabajo, el tío con el que está ahora la deja. Todos los días invento detalles nuevos –varias veces al día, en realidad– sobre lo mucho que sufre y lo mucho que me echa de menos.

Del Fante dice que, cuando me asalten esas fantasías, tengo que esforzarme por volver a la realidad, hacer algo para distraerme, lo que sea.

Por el momento, lo único que me calma es buscar otra mujer.

A estas alturas ya debería estar acostumbrada a Gabriele, pero, al principio, me asustaba y un buen día se lo comenté a Anna Del Fante.

Ella me tranquilizó.

–Los niños que se sienten solos también inventan amigos imaginarios –dijo–. Y usted está muy sola ahora.

Yo sé muy bien que no me imagino la Voz, pero me conviene que Anna Del Fante lo piense. Ya tiene muchas preocupaciones, no quiero que se inquiete por mí. Parece tranquila, pero no puede estarlo después de lo que le ha pasado. Tiene hijos pequeños. ¿Cómo se les dice que su padre ha muerto atropellado en pleno centro un día como cualquier otro? ¿Cómo se resigna una? Y, sin embargo, ella ha vuelto al trabajo.

La admiro: desde que Doug me dejó, yo no doy pie con bola. Tal vez lo haría si tuviera hijos, pero no tengo a nadie de quien preocuparme y nadie se preocupa por mí, excepto las atontadas de mis tías y Alessandra.

Y también un poco Anna Del Fante, aunque ella cobre por hacerlo, como me repite la Voz sin olvidarse nunca de añadir: «Lástima que lo haga tan mal».

Tal vez sea precisamente ella, Gabriele, el ser que empiezo a sentir más cercano.

He enmarcado un gran póster que compré en la Lenbachhaus, una reproducción de uno de sus cuadros que más me gustan: *Dame im Sessel, schreibend (Stenographie. Schweizerin in Pyjama)* –*Dama en un sillón, escribiendo*, con el subtítulo *Estenografía: mujer suiza en pijama*–. Lo tengo en el comedor, apoyado en la pared.

¿Quién sería esa mujer? ¿La conocería en los dos años que pasó en Suiza con Kandinski, antes de que él se marchase para siempre? Cuando estalló la guerra entre Rusia y Alemania, ambos se refugiaron en Suiza durante un año y se llevaron a Anja, que, para entonces, ya era amiga de los dos.

A mí, *Dama en un sillón, escribiendo* me recuerda a Anna Del Fante cuando toma notas: tiene su misma postura diligente y el corte de pelo que me gustaría que le hiciese Pier Moroni. Los colores del cuadro, azul y rojo, también son los suyos.

No se lo digo a la Voz porque me montaría un escándalo, pero, para mí, la mujer de su cuadro es Anna Del Fante.

Escucho todo el día *The Remedy for a Broken Heart*, de Jahseh.

Mamá no sabe que escucho esa canción, pero a la *psico* sí se lo he dicho. Me ha pedido que le hable de la letra.

Le he explicado que repite siempre la misma frase: *Why am I so in love?* («¿Por qué estoy tan enamorado?»). Es el estribillo. Luego cuenta una historia de amor infeliz, dinero, hierba; pero lo importante es cómo canta *Why am I so in love?*

Se nota que está mal de verdad, igual que yo, que está desesperado y sabe que nadie debería sufrir tanto, que no es justo, que hay algo que no funciona. Pero ¿el qué?

Eso es lo que me pregunto todo el rato.

Y no quiero preguntárselo a la *psico*. Ya sé que es de idiotas sufrir porque Tere ya no me quiera. Así son las cosas: yo también dejé de querer a Cava antes de estar con Tere. Nunca podrás estar bien con otra persona si no estás bien contigo misma.

Jahseh, yo lo llamo así, con su verdadero nombre. Jahseh Dwayne Onfroy, no XXXTentacion, como todo el mundo.

Le he explicado a la *psico* que no era solo un rapero, que tenía su propio estilo, entre punk y emo.

La *psico* asiente con la cabeza. No creo que lo haya oído nombrar nunca, pero a mí me gusta hablar de él.

Con mamá no puedo, porque buscaría información sobre él, se pondría de los nervios –«Pero ¿cómo murió? ¿Y esos tatuajes en la cara? ¿Era drogadicto?»– y empezaría a pensar que quiero ser como él.

Con papá no quiero, porque sé que no lo entendería y que liquidaría el tema con uno de sus comentarios chistosos, cosa que yo no soportaría. No vale la pena arriesgarse.

Mis amigos ya están hartos, creo, de oírme hablar siempre de él.

Pero yo sigo pensando en lo bueno que era, y en lo absurdo y terrible que es que esté muerto.

He intentado explicarle a mamá que a mí me gustaría ir al instituto, que no lo hago a propósito, pero es que físicamente no puedo, me bloqueo en la puerta y me encuentro mal.

Ella no me ve porque se levanta temprano para abrir la tienda: sale de casa a las siete y cuarto, cuando a mí me suena el despertador.

Antes yo salía de casa a las siete y treinta dos, a y cuarenta y uno pasaba al autobús y a las siete y cincuenta y seis estaba delante de la verja del instituto, con tiempo suficiente para fumarme un *piti*. Ahora, todas las noches me ducho y meto en la mochila los libros para el día siguiente: por la mañana solo tengo que vestirme, pillar algo de comer en la cocina, cepillarme los dientes y marcharme, pero me bloqueo al llegar a la puerta y no consigo salir. Me quedo allí de pie dos minutos, luego me siento en el suelo. Me entran náuseas, sudo, tengo frío, a veces vomito.

Como es lógico, mi madre se pone histérica. Todos los días, entre las siete y cuarto y las ocho menos cuarto, me manda treinta mensajes, me llama, monta el número.

Yo la engaño todas las noches: «Mañana voy, tranquila, ya verás como sí».

Y lo pienso de verdad cuando lo digo, pero luego no puedo.

Dos o tres veces quiso acompañarme ella, pero salió fatal: aparte de las náuseas, estaba aterrorizada y no podía respirar, me sentía como si me fuera a morir.

En una ocasión intentó venir papá: peor aún. Y pasé muchísima vergüenza.

Cada día, cuando mamá comprende que no he ido al instituto, reacciona de manera distinta.

Unas veces se muestra comprensiva, otras me grita. De vez en cuando llora. Y luego, a lo mejor, intenta consolarme.

La escucho a escondidas cuando discute con papá por teléfono echándole la culpa de todo; pero yo no quiero ocuparme de sus putos problemas, que piensen lo que quieran.

Él, por lo menos, hace como si no pasara nada, no lo convierte todo en una tragedia. Dice que ya se me pasará, que él a mi edad tampoco tenía ganas de ir al instituto. Como si fuera eso. Yo les dejo que se lo crean porque, total, tampoco sé explicárselo. Lo bueno es que a él no lo tengo encima todo el día.

Cuando voy a cenar con papá pedimos *sushi* y hablamos de deporte, de música, o bien no hablamos y cada uno ve su serie favorita.

Papá es más divertido que mamá y es más fácil estar con él. No se empeña en hablar a toda costa acerca de lo que pienso y de lo que me pasa, ni en hacer planes conmigo.

Pero, desde que me siento así, no duermo en su casa: no puedo. Viene a buscarme una vez por semana, ceno con él y a eso de las diez y media vuelvo a mi cama, donde me siento segura.

Lógicamente, el año pasado suspendí por las faltas de asistencia. Fue entonces cuando mamá me obligó a ir a la *psico* que había buscado la abuela.

Si no accedía, me echaba de casa –eso dijo, aunque no me lo creo–. Así que al final acepté porque, vale, con papá estoy bien, pero, primero, siento una gran necesidad de dormir en mi cama; segundo, reconozco que no puedo cenar *sushi* todas las noches; tercero, en el fondo, mamá me da un poco de pena, aunque me eche en cara que soy igual que papá y que antes era él quien la volvía loca y ahora yo.

Cuando me suelta ese sermón, me vuelvo a la cama a escuchar a Jahseh, aunque estemos en plena cena. A estas alturas ya lo sabe y se controla.

Puede que sí sea igual que papá, menos en lo de engañarla, que ahí lo hizo fatal.

Yo siempre he sabido que iba con otras, porque me dejaba su teléfono para jugar y yo le leía los mensajes desde, no sé..., los diez años.

Ella se hace la víctima con él y él se hace el tonto con ella, pero tengo que reconocer que, conmigo, siempre han sido supermajos los dos.

No estoy enfadada con ellos.

Tere decía que debería estarlo.

Tere pensaba que yo estaba mal porque se habían separado. Decía que el primer año lo había pasado en una especie de apnea y que luego se me había caído el mundo encima; que, aunque no me diera cuenta, había dejado de ir al instituto para vengarme de ellos.

Tere se cree siempre que lo sabe todo y se cabrea cuando no le dan la razón.

Cuando Tere empezó a tirarme los tejos, nuestros amigos decían: «Es perfecta para ti. Igual de rubias, igual de raras, os gusta la misma música».

Nos mandábamos como quinientas fotos al día. Yo le contaba a ella todo lo que me pasaba y ella a mí también.

El día que le dispararon a Jahseh estábamos juntas. Lloré tanto que pensaba que me iba a ahogar. Porque... ¿cómo se puede asesinar a alguien de veinte años?

Tere me consolaba y me besaba las manos, pues yo me cubría con ellas la cara, y recuerdo que nunca la había querido tanto como entonces. No, no es verdad: sé que, desde que me dejó, la quiero más. Antes pensaba de vez en cuando que habría preferido ver a Alice o a Cava, o salir todas juntas.

Ahora no hago más que sentirme como una idiota y escuchar *Why am I so in love?* todo el día.

Ayer Charlotte salió de la consulta con el rostro descompuesto. Estaba llorando, ni siquiera me vio.

En aquel momento pensé en lo mucho que me gustaría tocar la guitarra, jugar al voleibol, ir a tomar algo con mis amigos y salir a bailar como antes, y en lo ridículo y cansado que es llorar, con todas las cosas que podría estar haciendo, como dice mi abuela.

Perseguir mujeres me distrae de pensar en Rosa y me apacigua, como cuando, de niño, robaba chocolatinas para olvidar los líos en los que se metía mi hermano: la adrenalina me distraía y el botín me compensaba por la injusticia de tener un hermano así.

Cuando me asaltan los pensamientos obsesivos sobre Rosa, cojo el segundo móvil y le mando un mensaje a alguna mujer.

Hablo con dos o tres chicas a la vez –siempre tengo una de reserva–, en distintas fases de la operación: avistamiento, contacto, intercambio de números de teléfono, primera semana de mensajes, segunda y a veces tercera semana de mensajes, primer encuentro para un café, primer encuentro para tomar una copa, segundo encuentro para tomar una copa si es necesario, primera semana de mensajes después de la primera vez, mensajes que se van espaciando, segunda o tercera vez. Cuarta vez: raro.

En total, la operación puede durar hasta tres meses y nunca tengo una sola en marcha: lo ideal son tres.

Cada fase requiere un cuidado especial que, multiplicado por tres, significa tres vías de escape listas cada vez que me invade el recuerdo de Rosa.

Las mujeres las conozco por ahí o en redes sociales. Tinder no me gusta. Tengo perfil en Facebook e Instagram, donde subo fotos mías en la playa, en la montaña o en algún bar bonito mientras desayuno. Mucho deporte, mucha naturaleza, algún libro, un trozo de tarta. Un poco de indignación por tal o cual político, sin distinciones de partido.

Pero desde que tengo a Mimì, he duplicado el número de amistades.

Sus fotos en el sofá y las mías en bañador son las dos imágenes clave de mi perfil, o «imágenes clavo», como diría mi amiga Delfina, que tiene un sentido del humor propio de un chaval de secundaria.

Selecciono las mujeres con las que quiero intentarlo examinando atentamente su perfil: evito aquellas que escriben frases en contra de los hombres, porque son unas pesadas y solo quieren casarse, mientras que las que cuelgan fotos en bañador, por lo general, lo que buscan es divertirse, al igual que yo.

Sé exactamente qué es lo que las mujeres quieren que les diga: que son guapas y que con ellas me siento como no me había sentido con nadie. Y yo se lo digo.

La primera cita es para un café. La segunda, para tomar algo.

Las que toman vino tinto o no beben alcohol cuestan más de llevar a la cama.

Las que empiezan con mojito o *spritz* suelen estar a punto tras un par de rondas.

Después de la segunda copa –nunca más de dos, si no se emborrachan y no tiene gracia–, les digo que tengo que ir a dar de comer a mi gata y que, si me acompañan un momento a casa, luego podemos ir a cenar a un japonés que está al lado.

Me hago el simpático:

–Parece una excusa, ¿verdad? Como lo de la colección de mariposas. Pero es que tengo una gata bulímica, mira qué gorda está.

Y les enseño en el teléfono una foto de Mimì.

Mimì las tranquiliza y las hacer reír. Quieren saber desde cuándo la tengo, de dónde ha salido... En fin, todo. No les cuento que me la ha enchufado mi hermano, les digo que la adopté en la protectora.

Se ablandan al verla tan gordita y se imaginan que yo la mimo demasiado, cuando, en realidad, ya llegó así, con nueve kilos de peso.

Las que intuyen la técnica sonríen y se hacen las tontas, pues, en verdad, quieren lo mismo que yo.

Si les gustan los gatos, por lo general, con la primera copa es suficiente; si, por el contrario, prefieren los perros, es necesaria la segunda. Si no les gustan los animales, paso de ellas porque sé que, en la cama, también serán egoístas.

Cuando pienso que no quería ni oír hablar de quedarme con el gato de mi hermano... Y resulta que Mimì me ha salvado la vida. O, por lo menos, la conversación: cuando subimos a casa, es un tema obligado con todas.

Después de haberle puesto su pienso especial para animales con sobrepeso, detalle que les encanta a todas, les cuento a mis invitadas que solo he tenido gatos tricolor, porque siempre son hembras y, por tanto, más inteligentes.

Al decir «inteligentes», bajo la mirada, vuelvo a alzarla y las miro durante tres segundos.

En ese momento, anuncio:

–Voy a ver si tengo champán frío, que esto se merece un brindis.

Y me voy a descorchar el Franciacorta helado.

La frase sobre las hembras inteligentes se puede interpretar de muchas maneras, pero todas son válidas. Pueden pensar que me refiero a ellas y sentirse halagadas, o que recuerdo a una mujer muy inteligente que en el pasado me hizo mucho daño, lo cual desencadena el efecto «dama de la Cruz Roja». Las más listas solo piensan que me estoy riendo de mí mismo y aprecian la ironía.

En cualquier caso, están satisfechas. Y, además, el Franciacorta les gusta a todas: es tan bueno como el champán, pero menos intenso.

Sirvo el vino en la mesita baja que está al lado del sofá, en las sencillas copas heredadas de mi madre. Prohibidas las copas de cristal bueno y todas las herramientas de los seductores de pacotilla tales como velas y sábanas oscuras.

En WhatsApp evito los comentarios trillados, los «Buenos días, princesa» y toda clase de mensajes informales. El no dar señales de vida durante tres días y luego enviar un mensaje útil tipo «¿Hoy no tenías que ir al dentista?», como si fuéramos novios, funciona siempre. Sobre todo si el mensaje siguiente no tiene absolutamente nada que ver.

Nunca he escrito melindres ni banalidades. Paso de un mensaje amable a uno vago y luego a uno gracioso, siempre de manera imprevisible. Ser imprevisible es la carta ganadora, especialmente en la fase inicial.

En el fondo, la fase de la operación que se desarrolla en

el sofá es la menos divertida: lo que más me apasiona y más me ayuda a no pensar en Rosa es la fase uno, la de la caza. Y por eso evito las páginas de citas: es todo demasiado fácil, no son para mí.

La fase dos empieza con el Franciacorta.

En el momento del brindis, las miro sonriendo y poniendo un poco los ojos en blanco, como si dijera: «Sé que quieres que te mire mientras brindamos y creo que es una tontería, pero me gustas tanto que lo hago».

En ese momento, y según el tipo de mujer, dejo la copa y, en tono seco, le digo que se desnude o empiezo yo a desabrocharle la blusa.

A las extrovertidas les gusta que les den órdenes, las impacientes se me echan encima: pocas me han rechazado. Cuando eso ocurre no insisto, pero dejo de llamarlas.

La primera vez las chupo.

Estemos juntos una sola vez, tres o cuatro –que para mí es el máximo– siempre hago que se corran ellas primero para dejarles un buen recuerdo, lo cual me resulta útil por si en algún momento necesitara repescarlas.

Que las repesque es poco habitual: solo en dos o tres casos he vuelto a aparecer, y haber dejado antes un buen recuerdo resultó crucial.

La primera vez, justo después de haberlo hecho, me pongo tierno. Las beso en la frente y, luego, la mar de alegre, propongo «ese japonés que tenemos pendiente».

Si sugieren pedir la comida, les digo que no estoy a favor de los restaurantes con entrega a domicilio porque explotan a los repartidores.

Algunas aceptan el japonés, otras dicen que tienen que volver a casa.

A las que proponen cocinar algo en la mía les digo que soy un desastre y que tengo la nevera vacía, que la próxima vez. No quiero crear precedentes domésticos. Lo hice con Rosa y mira cómo acabó la historia.

Cerca de casa tengo dos japoneses bastante baratos. Si no les gusta la comida japonesa, en el restaurante pullés de aquí al lado preparan unas *orecchiette* con tomate buenísimas.

Si tengo suerte, tienen que irse sin cenar y volver a casa porque tienen hijos, padres o un despertador que suena muy temprano. En algunos casos, hay un marido.

Las que tienen marido e hijos son las mejores.

A un par las he visto hasta cuatro veces, pero mi media es de tres. Ya después de la segunda empiezo a espaciar los mensajes y, tras la tercera, desaparezco.

Vuelvo a dar señales de vida a los diez días, saludo educadamente y les explico: «Perdona que haya desaparecido, pero mi novia de toda la vida y yo nos hemos reconciliado inesperadamente, solo quería decirte que me ha encantado conocerte». Alguna me manda a tomar por culo, y con razón.

Otra variante es un «Cariño, me parece que soy un desastre y tú eres demasiado buena para mí, mejor que lo dejemos aquí».

Esta fórmula tiene la desventaja de que alguna de ellas insiste y pretende «enseñarme a amar», pero, por lo general, renuncia al cabo de un mes de silencio.

Solo una de ellas, Delfina, se ha convertido en amiga.

A mí me hubiera gustado tener hijos y Doug decía que lo que yo quisiera le parecía bien.

Cuando, después de quince años, dejamos de buscarlo, me quedé embarazada, pero tuve un aborto espontáneo en el cuarto mes.

Surgieron complicaciones, una hemorragia muy fuerte, tuvieron que extirparme el útero y hacerme transfusiones por la talasemia.

La ginecóloga me explicó que algunos embriones no pueden nacer, que es el cuerpo el que decide, sobre todo a mi edad, y que la talasemia no había tenido nada que ver.

No me siento culpable de haber perdido el bebé, pero sí de haber perdido a Doug.

Doug es un hombre que se quiere, jamás pensaría mal de sí mismo. Siempre le da la vuelta a todo para quedar bien consigo mismo. Y tiene razón, así es como debe hacerse.

Por ejemplo, estoy segura de que ahora piensa: «Me he portado bien, he estado con ella más de veinte años». Y no: «La he dejado justo cuando más me necesitaba».

Yo, en cambio, suelo pensar mal de mí misma. «Hay que quererse», como dice Anna Del Fante. Él lo hace.

Yo no sé por qué, pero nunca he aprendido.

Algunas personas somos así, como si nos hubiéramos pinchado con la rueca mágica, como si las brujas nos hubieran lanzado una maldición ya en la cuna.

La cárcel está llena de personas que no se quieren. A lo mejor por eso me siento bien aquí dentro.

Ignoro por qué somos así y me he cansado de pensar en ello. Nos resulta casi más fácil amar las cicatrices y las sombras que los regalos de la naturaleza para los cuales no hemos hecho méritos.

He leído una frase de Munch que decía así: «Sin miedo ni enfermedad, mi vida sería una barca sin remos».

Eso era algo que Doug no toleraba. Recelaba del dolor. Disfrutaba del arte, pero no soportaba la idea de que pudiera nacer del sufrimiento.

Yo sabía que el dolor de los demás es insoportable, lo descubrí con mi madre. No tendría que haber estado tan triste.

Cuando perdí el bebé y empezaron a hacerme las transfusiones, durante un tiempo enfermé de tristeza. Él no hablaba nunca del niño, y hacía bien. ¿De qué servía?

Doug siempre fue más equilibrado que yo.

—No lo idealices —me reconviene Gabriele—. Tú eres más vital que él. Te chupó la energía mientras le resultaba útil. Y cuando te deprimiste, te dejó.

—Oye, ya vale —me rebelo—. Métete en tus asuntos. Doug no es un idiota y yo no estoy deprimida.

La gente tendrá derecho a dejar a una persona si ya no la ama, ¿no? Tampoco tenemos que permanecer encadenados para siempre.

Pero cuando se lo digo, me responde:

79

–Hay maneras y maneras de dejarse. Él te dejó en el peor momento y de una forma cruel. Como Vasili, así que comprendo perfectamente tu dolor. Me comparaba a mí misma con tu Munch, ¿sabes?

Anna Del Fante sostiene que muchos matrimonios terminan justo después de una enfermedad de la mujer.

El marido está presente en el momento crítico, pero, cuando su esposa se recupera, la deja.

Dice que los maridos se asustan al ver a la esposa enferma y, por tanto, deciden de forma inconsciente que lo que hasta ese momento les había parecido aceptable –los compromisos que establecen todas las parejas para permanecer juntas– ahora les resulta insoportable.

–El niño no acepta la enfermedad de la madre –me explica–. Y, para no sufrir, se convence de que ya no la quiere. Siente, de una forma oculta, que debe emanciparse de ella. Es posible que su marido decidiera algo parecido.

Doug no es un niño. Yo creo que me amó mientras le fue posible y que, después de veinte años, se hartó de mí. Creo que mi enfermedad no tiene nada que ver: un día, simplemente, calculó los costes y los beneficios y decidió, como dice la Voz, que ya no quería seguir amándome.

Doug es así, una persona racional e inteligente.

–Racional, inteligente y con un morro que se lo pisa –farfulla Gabriele–. Menos mal que vosotros tampoco teníais hijos, como Vasili y yo. Los hombres que abandonan a la mujer y a los hijos son infames. Dejas embarazada a tu mujer, ella lleva a tus hijos en la barriga, los alimenta, los cuida y los protege durante años... y cuando te cansas de la madre, ¿adiós muy buenas y, con suerte, ves a los niños un fin de semana sí y otro no?

—¿Sabes que eres una reaccionaria? —me rebelo—. O sea, que para ti el divorcio no debería existir.

—Pues claro que tendría que existir, pero solo para las mujeres. Las mujeres tienen desventaja en todo, siempre. Una sociedad civil debería prever derechos especiales para resarcirlas de sus sacrificios ancestrales. Del mismo modo que el aborto les pertenece a las mujeres, así debería ser con el divorcio. Qué es eso de que un hombre use a su mujer mientras es joven y fuerte y cría a sus hijos, y luego, cuando se hace vieja y ya no le sirve, la mande a freír espárragos. ¡Venga ya!

—En cambio, ¿una mujer sí que puede dejar a su marido anciano? —trato de argumentar.

—Quitando el hecho de que, por desgracia, eso no es muy habitual, porque nosotras tenemos demasiado corazón y demasiado sentido del deber, si quisiéramos, sí, se nos debería permitir: leyes especiales a favor de las mujeres.

Ya no sé qué hacer con Gabriele. Por suerte, no entra en la cárcel, así que, al menos, allí estoy tranquila.

Cuando dejé de trabajar como modelo, Doug ya era un fotógrafo renombrado. Empecé a hacer de estilista en sus campañas publicitarias y sus encargos de moda, y puede que fuera entonces cuando se iniciaron las discusiones.

Anna Del Fante dice que algunas personas no son capaces de discutir, que no pueden hacerlo. Yo sentía de vez en cuando la necesidad de desahogarme –aunque supusiera entrar en conflicto– como hacía mi madre conmigo. Él, en cambio, no lo soportaba.

No sé cuándo empecé a sentirme menos amada, pero tenía la sensación de que Doug ya no me soportaba desde que su trabajo empezó a ir viento en popa. No me gustaba que siempre quisiera tener la última palabra, me dolía que me hablara en un tono tan brusco.

Me equivoqué. Tendría que haberme adaptado, negociar, darle la razón.

–No eras esa clase de mujer, Galla, no te culpes. No lo hubieras conseguido. Deja ese papel a las mujeres como Nina Kandinski –me susurra Gabriele.

No estoy de acuerdo con ella. Cuando se ama, hay que aprender a mantener a raya al propio ego.

–Sí, pero ¡tienen que quererlo los dos! –estalla Gabriele, que siempre sabe lo que pienso.

A estas alturas, conozco bien a Gabriele.

He visto muchas fotografías suyas: tiene los ojos azules, el pelo blanco peinado hacia atrás y la cara redonda.

Era más guapa a los ochenta que a los treinta, cuando estaba con Kandinski.

Murió hace sesenta años, pero aún sigue enfadada con él. Y ahora también un poco con Doug.

Yo defiendo a mi marido.

–Soy yo quien no lo entendía a él; si lo hubiera entendido, él no habría dejado de amarme.

–Eres tú la que no entiende que te dejó cuando ya no te necesitaba –insiste ella.

–Tal vez me dejó porque comprendió que no podía darme lo que yo le pedía.

–Sí, claro, lo que tú digas. –Se impacienta–. Cogió lo que necesitaba y adiós muy buenas.

–Si yo lo hubiera aceptado tal y como era, esto no habría sucedido. Pero no, yo lo criticaba, nunca estaba contenta.

–¿Solo tú tenías que cambiar? ¿Por qué lo defiendes siempre? También podría haberte dicho qué era lo que no funcionaba, en lugar de encerrarse como un oso. –Me acosa.

–¿Y qué podía hacer él si ya no me amaba? Las personas se dejan.

–Podía seguir queriéndote. No se deja a la mujer después de tantos años y después de lo que te ocurrió.

–Doug no es... una persona convencional –digo, insistiendo aún en defenderlo.

–Eso está claro, es solo un crío oportunista y egoísta, y tú tendrías que dejar de echarte siempre la culpa –concluye Gabriele.

Dice que ahora se siente en paz, pero a mí me parece que aún está muy celosa de Nina.

—Me la encontré una sola vez, en Múnich, en una muestra de El Jinete Azul. Vasili había muerto cinco años atrás y ella se hizo la simpática: «Si algún día viene a París, me gustaría que me visitara. Seguramente le interesará ver los cuadros de Kandinski de la época de París». «No viajo», le respondí, y luego me pasé la velada intentando evitarla. ¿Qué podíamos decirnos una mujer que llama a su marido por el apellido y yo? Vasili era un idiota y ella me daba pena. Aquella noche, la oí decir: «La mujer que ama de verdad a un hombre debe anularse a sí misma ante él. Yo lo hice con Kandinski y por eso fuimos una pareja tan feliz». Menuda imbécil. ¿Y tú querías ser como ella?

Gabriele se hace la feminista y luego la toma con Nina. Las mujeres deberíamos entendernos siempre entre nosotras, ser solidarias unas con otras, no enemigas: como en la cárcel, donde todos están en el mismo lado.

En la cárcel, los enemigos son los de fuera: los magistrados que no conceden los permisos, los fiscales, los jueces que condenan. Dentro, todos se ayudan: calabreses, magrebíes, pulleses, serbios, campaneses...

En nuestro módulo solo hay tres lombardos. Uno de ellos es Fabrizio, apodado el Conde.

Viste camisas azules y pantalones clásicos, mientras los demás van siempre con vaqueros o chándal. Sobre la frente le cae un flequillo de pelo gris que él se echa hacia atrás con sus esbeltas manos. A diferencia de todos los demás, no lleva anillos, cadenas ni pulseras, y tampoco tiene tatuajes. Mientras canta, le masajea la espalda a Samir, que está delante de él. Samir es un tunecino de treinta años con el que el Conde probablemente jamás habría hablado fuera de la cárcel. Aquí dentro, en cambio, se han convertido en grandes amigos.

Cuando estoy en la cárcel, soy una más del grupo: nosotros somos los artistas del coro. Los demás son los de fuera.

Mis compañeros del coro me respetan.

Quién sabe qué dirían si les hablase de Doug. Seguro que algo educado cuando yo estuviera delante y desagradable en mi ausencia, pues siempre son galantes con las mujeres. Dos de ellos suelen mirarme fijamente, aunque, en estos meses, siempre llevo gafas oscuras y estoy más amarilla que nunca. No pasa nada si tienen alguna fantasía conmigo; en la cárcel, los sueños son útiles, como el sueño del *barbun* de Jannacci: «*El portava i scarp del tennis, / el parlava de per lù, / rincorreva già da tempo / un bel sogno d'amore*».[3]

Es habitual que los presos se enamoren de las voluntarias si estas no están comprometidas; en caso contrario, no se permiten ese lujo. Así que, de vez en cuando, nombro a Doug para que se olviden de ligar conmigo.

Al Conde le da risa el nombre de mi marido.

–¿Dog, como *perro* en inglés?

–Se pronuncia «Dag», con a: es inglés americano –respondo.

El Conde pronuncia mal la erre y habla como un hombre de mundo.

Hace comentarios ocurrentes y divertidos sobre las letras de las canciones, los compañeros, el director del coro.

Si hubiéramos ido juntos al colegio, se habría convertido en mi compañero preferido: de niña yo era muy alegre, aunque ahora nadie lo diría.

Una tarde me contó que tenía una casa en la playa y otra en la montaña, y que se lo había jugado todo.

–¿Y qué haces aquí? –le pregunté–. Creía que en este módulo solo estaban los que han cometido delitos relacionados con las drogas.

---

3. En dialecto milanés: «Llevaba zapatillas deportivas, / hablaba solo, / perseguía desde hacía mucho / un bonito sueño de amor». (N. de la T.).

–Intento de asesinato –respondió, mirándome directamente a los ojos–. Apuñalé a mi compañera mientras estaba bajo los efectos de la cocaína.

Al escucharme decir «¿Te importa que pasemos un momento a dar de comer a mi gata?», Delfina se atragantó con su copa de vino blanco.

–¡Una gata famélica, qué metáfora tan perfecta! ¡Eres grande, Nicola! –exclamó.

No podía parar de reír. Delfina es fantástica.

Aquella misma noche, después de haber follado en el sofá, me habló de su marido y yo le hablé de Rosa.

Delfina es profesora de Historia y Filosofía aquí en Milán, en un instituto de la calle Marche, pero ella es de Gioia Tauro. Es una chiflada con pantorrillas de ciclista y rizos negros que le llegan hasta el culo.

Me contó que a su marido le gustan más los hombres y que a ella ya le va bien así. Son fanáticos de los conciertos, hacen *trekking*, van a bailar tango... Tenían un perro precioso, pero, cuando se murió, dijeron: «Basta de animales, se sufre demasiado. Además, así estamos más libres para viajar». Se adoran y cada uno finge ignorar los ligues del otro.

Fue Delfina quien me habló de Rosa Luxemburgo y me dijo que mi Rosa se parece a ella y yo a Leo Jogiches. Lo definió como «su compañero de lecho y luchas», una definición que también encajaría con Rosa y conmigo.

Delfina está obsesionada con Rosa Luxemburgo. Este año se celebra el centenario de su muerte y ha hecho un trabajo con sus alumnos; en mi opinión, le gusta porque, pese a ser fea y coja, volvía locos a los hombres.

Me ha regalado un libro suyo, y tengo que admitir que las cartas que le escribía al tal Leo se parecen a las que Rosa me escribía a mí.

Era un verdadero genio, pero, al igual que mi Rosa, también una auténtica capulla.

En esas cartas no hace más que explicarle a Leo lo mucho que lo ama y reprocharle que él, en cambio, no la ama lo suficiente. Le enseña lo que tendría que decirle y lo que tendría que hacerle. Igual que mi Rosa, que pretendía decidirlo todo, incluso lo que yo debía sentir.

«Dígnate a expresarme tu amor, sin temor de rebajarte dándome hoy tres céntimos más de lo que yo te di... Sé más generoso, más magnánimo de corazón, prodiga con un poco más de generosidad tus sentimientos. ¡Te lo exijo!».

Igualita que mi Rosa. Yo le decía: «No querrás dictarme tú también lo que tengo que contestarte, ¿no?».

Mi Rosa era prepotente, impaciente e intolerante, y estaba convencida de tener siempre la razón.

¿Tan sorprendente resulta que yo la engañara, que sintiera la necesidad de estar con otra mujer que, al menos por un día, no me crucificara?

El libro que me regaló Delfina se titula *Cartas de amor y revolución*, e incluye una selección de las cartas que Rosa Luxemburgo enviaba desde la cárcel –estuvo en prisión nueve veces–, pero también desde Berlín o París. En aquella cárcel fría y espantosa conseguía dejarse emocionar por las nubes, el cielo y el canto de los pájaros. Admito que tenía un cerebro privilegiado, pero, como mujer, era demasiado para cualquiera.

Después de haberlo dejado porque, según ella, Leo no correspondía a su pasión, se lio con otro hombre catorce años más joven que ella e hijo de una amiga activista.

Lo llamaba Dudu o Niuniu. «Mi pequeño Niuniu, no quisiera, pero debo partir a Suiza... Ayer vino Lenin, es ya la cuarta vez. Con él me gusta hablar, es culto e inteligente, y tiene una cara fea de esas que tanto me gusta mirar», le escribía. Qué contento debió de quedarse el «pequeño Niuniu».

Parece que Lenin estaba loco por Mimì, la gata de Rosa, como le contaba a Dudu en una de sus cartas: «Lenin dice que solo en Siberia se ha topado con un animal tan majestuoso, la ha definido como *barskii kot*, una gata suntuosa».

Empecé a llamar Mimì a mi gata después de haber leído esa carta: Mimì también es suntuosa.

Mi hermano solo la llamaba «la gata», ni siquiera le había puesto nombre.

—A Rosa Luxemburgo le gustaban los gatos tanto como a ti —dijo Delfina cuando me regaló el libro—. Piensa que, cuando invitaba a alguien a comer, ponía la mesa para tres: el tercer comensal era la gata. Le había enseñado a comer en el plato, con las patitas apoyadas en la mesa.

Yo no llego a tanto: el platito de Mimì está en el suelo de la cocina, al lado de la nevera, pero es cierto que me gusta mirarla mientras come. Se la ve tan feliz...

A Luxemburgo la asesinaron en Berlín dos meses después de su última excarcelación. Tenía cuarenta y ocho años.

—Le pegaron con el fusil, le dispararon y luego la arrojaron al canal. Recuperaron su cuerpo cuatro meses más tarde —me contó Delfina.

Yo rezo para que el hombre que está ahora con Rosa termine igual de mal.

Tiene doce años menos que ella, tipo el de Rosa Luxemburgo: Maurizio Bosatra —qué nombre más tonto— ocupa mi lugar y es ahora su asistente en las misiones africanas.

Me paso cuartos de hora enteros en trance, fantaseando con una tripulación de piratas que captura a Maurizio Bosatra y le corta el pajarito con un machete. En Somalia pasan esas cosas, tampoco sería tan raro.

De vez en cuando me pregunto si me sentiría mal en caso de que ocurriera de verdad y me respondo que no.

Desde que Rosa y yo nos separamos, no he vuelto a viajar.

La última vez que estuve a punto de embarcarme con destino a Mogadiscio me entró un ataque de pánico en la escalera del avión y tuve que volver atrás.

Miedo a volar igual a fin de las misiones. Voy a la consulta de Del Fante –pese al sacrificio de tiempo y dinero que me supone– porque he de curarme como sea.

De momento trabajo en las oficinas, en Milán, y recaudo fondos para la organización. No me gusta, pero alguien debe hacerlo.

Mientras, Rosa continúa viajando por África con el idiota ese de Maurizio Bosatra.

Mi fantasía recurrente preocupa a Del Fante más que los ataques de pánico: la fantasía que me persigue cada vez que me despierto, cada maldita mañana de mi vida.

Inspirándome en Leo Jogiches –quien, al enterarse de la muerte de Luxemburgo, corrió a Berlín en busca de sus asesinos–, me pongo a fantasear con la idea de que secuestran a mi Rosa (y le cortan el pajarito a un Maurizio Bosatra incapaz de defenderla) e inmediatamente después yo me presento en Somalia para rescatarla, con lo que a mí también me secuestran.

Desde hace unos meses, todas las mañanas sueño esa historia con los ojos abiertos y añado nuevos detalles.

Me capturan y me llevan con ella. Nos retienen a los dos juntos, en el desierto, durante meses. Finalmente, ella deja de criticarme porque ha entendido lo mucho que valgo.

Maurizio Bosatra, lógicamente, muere desangrado después de que le corten el pajarito; Rosa ni siquiera se acuerda de él porque, cuando los secuestran, el muy cobarde monta un espectáculo patético chillando y suplicando piedad.

Follamos todas las noches para combatir el frío del desierto. Hablamos todos los días de cómo huir y de nuestro futuro. Hasta que uno de nuestros secuestradores se distrae y yo decido que ha llegado el momento de escapar.

Tras una fuga rocambolesca, volvemos a Italia y seguimos juntos para siempre.

O, al menos, hasta que yo lo decida.

En la cárcel, Ferdi es uno de los hombres que me observan, pero siempre parece estar a punto de echarse a llorar. Una vez hablamos y comprendí por qué me observaba: le gustaría retratarme. Abrió una carpeta con separadores y me mostró el retrato de un compañero, dibujado a lápiz.

–Antes trabajaba como ilustrador, era bueno, pero lo único que dibujo aquí dentro son tatuajes –me dijo, desconsolado.

No le conté que, de joven, yo también quería ser ilustradora: ya hace mucho tiempo que no dibujo nada.

Ferdi lleva aquí un año y teme pasar otros dos.

–Me detuvieron por una pelea, no soy drogadicto. Pero tenía antecedentes de cuando era joven y por eso me metieron en la cárcel –me confesó–. Un tío me llamó «borracho de mierda» en un bar, le tiré una silla que se estrelló contra una vitrina, vino la policía y aquí estoy.

Todos dicen que son inocentes y puede que lo sean de verdad: estar enganchado a las drogas o al alcohol es una enfermedad.

Ferdi dibuja muy bien, quién sabe por qué ha acabado tan mal. No quiero preguntárselo, pero a veces lo pienso.

Hoy, en los ensayos, estábamos de lo más revolucionados porque teníamos acordeón, trompeta y batería. Solo faltaba la guitarra.

El único preso que toca un instrumento es Tommy, los demás músicos son voluntarios y la chica que toca la guitarra tiene exámenes estos días.

Hemos interpretado *Montagna de San Sir*, un viejo *swing* de Nino Rossi que cantaba Nanni Svampa.

Cuando el estribillo dice «*Me te see bella in controlus stasera, / te guardi e te me paret vera. / Te see costada lacrime e sospir, / tomba di noster cà, Montagna de San Siiir*»,[4] los presos del Inter y del Milan alzan el brazo en un gesto exultante.

Al final de los ensayos, el Conde se ha acercado a mí con una hoja de papel doblada en cuatro y me la ha entregado.

–Lo he escrito para ti –me ha dicho.

Me la he guardado en el bolsillo de los vaqueros y la he leído nada más volver a casa, tumbada en el sofá.

La hoja contenía su historia.

Antes de la compañera a la que apuñaló –«Sé que cometí un error e hiciste bien al mirarme mal cuando te lo conté», me dijo–, estuvo casado. Tuvo una hija, pero murió en la cuna cuando tenía veinte días. Su mujer lo abandonó.

---

4. En dialecto milanés: «Qué preciosa estás de noche a contraluz, / te miro y me pareces de verdad. / Has costado lágrimas y suspiros, / tumba de nuestros hogares, montaña de San Sir». (N. de la T.).

Gabriele es pasional. A mí me gustan las personas racionales y no soportaría estar con alguien tan sentimental como yo. Por eso entiendo que Doug me haya dejado.

Tal vez Vasili también estuviera harto de las discusiones y de las exigencias de Gabriele. Él tardó una eternidad en divorciarse de su primera mujer y, cuando lo consiguió, en vez de casarse con Gabriele se casó con Nina.

Doug también está con otra. Una mujer diez años más joven que yo, que trabaja en el estudio con él, en administración. Le pregunté a Annika, la ayudante de Doug, cómo es su nueva novia. No debería haberlo hecho, pero lo hice, le mandé un mensaje porque tenemos confianza.

«Es maja –me contestó–. Una chica práctica, normal, que sabe estar en su sitio».

Quién sabe desde cuándo le gustaba a Doug. Cuando se lo pregunté, se ofendió.

–Me conoces. Mientras tú y yo hemos estado juntos, no he hecho nada –dijo, con un dedo alzado.

Sé perfectamente que un mes después de irse de casa estaba en París con ella. Me lo contó Annika, pensando que yo ya lo sabía. «¿Lo ves? Había pasado un mes, ya no estaba contigo», me respondería Doug si se lo echase en cara alguna vez.

–Cuando Bismarck creó el Imperio alemán con Berlín como capital, yo tenía seis años y ya dibujaba. Mi familia me animó a seguir mis inclinaciones y desde entonces trabajé sin descanso, excepto cuando Vasili me dejó. Te comprendo –dice la Voz.

A saber por qué hoy se muestra tan comprensiva.

–¿Cuánto tiempo tardaste en recuperarte? –le pregunto.

–Casi diez años –responde con un suspiro. Acto seguido, se pone a recitar–: «Terrible cosa es el amor si su vena no irradia, pura y limpia, de corazón a corazón». ¿Te gusta esta frase? La leí en una novela norteamericana. Cuando se la recité a Johannes, me preguntó: «¿Aún te atormentas por tu amante ruso?». Ten en cuenta que Johannes me apoyó durante treinta años, que arriesgó su vida conmigo para salvar las obras de Kandinski de manos de los puñeteros nazis; pero incluso aquí, en el Hiperuranio, cuando pienso en el amor pienso en Vasili. ¡Y no sabes la rabia que me da!

He visto el retrato que Gabriele pintó de su último compañero, Johannes Eichner, un señor de rostro sereno y bigote gris.

Era historiador. Se conocieron en una fiesta de Nochevieja en el Berlín de 1927, once años después de la desaparición de Kandinski.

Llevaban casi diez años juntos cuando Eichner le propuso reformar la casa de Murnau.

–Y esta vez lo pagó todo él, no como Vasili –puntualiza Gabriele.

Ella y Johannes pasaron juntos el resto de sus vidas y, cuando Gabriele cumplió ochenta años, donaron todos sus cuadros –y los que habían conservado de Kandinski– a la Lenbachhaus de Múnich: sin él, quién sabe cuántas obras se habrían perdido.

–Completamente cierto –ruge la Voz–. Los escondimos en un almacén cuando los nazis requisaban el «arte degenerado» para su ridícula exposición. Todos los que formábamos parte de El Jinete Azul estábamos en su lista negra. Vasili, porque fue el primero en hablar de misterio y libertad en el arte, mientras el pintamonas frustrado de Hitler alardeaba en *Mi lucha* de que la misión del arte era transmitir bienestar. ¡Es justo lo contrario! ¡El arte debe emocionar, ser auténtico, causar dolor!

Me gustaría preguntarle a Gabriele si no se consuela pensando que, de no haberla abandonado Kandinski, jamás habría conocido a Johannes, con quien vivió durante treinta años –el doble de años que con Kandinski– en paz y armonía.

En la galería Otto Stangl, en Múnich, se expone una fotografía preciosa de los dos: cogidos de la mano, mirándose el uno al otro con ternura. Ninguna de las fotografías de Gabriele con Vasili desprende tanta serenidad: en esa imagen

99

de 1955, sin embargo, Gabriele y Johannes parecen felices de verdad. Ambos tienen el pelo blanco y visten espléndidos abrigos negros; el de Gabriele, que también luce un sombrero de ala ancha, tiene el cuello de piel. Johannes, con camisa blanca, corbata oscura y bufanda de seda, le acaricia un dedo de la mano izquierda con su mano derecha. En esa imagen, él tiene ochenta y nueve años y ella setenta y ocho, y parecen más enamorados que nunca.

Al contemplar las fotografías de Gabriele la encuentro mucho más guapa en las anteriores o posteriores a su vida junto a Kandinski: cuando estaba con él, siempre se veía tensa, hinchada, enfurruñada.

–¿Aún no has entendido que siempre sé lo que piensas? –salta la Voz–. A Johannes lo conocí cuando finalmente me liberé de Vasili, el año después de haberle enviado veintiséis cajas con todas sus cosas: quince telas; una carpeta de acuarelas, entre las cuales se encontraba aquella maravillosa primera acuarela abstracta; sus muebles; su ropa de cama, sus utensilios... Se lo envié todo cuando daba clase en la Bauhaus de Dessau, casi quince años después de que me abandonara. Por suerte, conservé algunas telas, que ahora están en el museo de Múnich en lugar de haber acabado transformadas en collares de esmeraldas a manos de Nina. Sé que tuve mucha suerte de encontrar a Johannes. Y sé que fui más feliz con él que con Vasili. Pero el sufrimiento del amor no se olvida nunca. Queda grabado en el alma, para siempre.

El viernes subí al tercer sector con Daniele.

Daniele es mayor que los demás presos del coro y tiene una mirada muy clara, gris, cansada.

—Acabo de recibir una visita de mi peluda —me dijo mientras subíamos los escalones húmedos y polvorientos que llevan al módulo de los drogodependientes.

Tardé un poco en comprender que la peluda era su perra.

—Me la ha traído mi compañera. Bueno, para ser sinceros, no es mi compañera, es una amiga. En realidad, es prostituta, pero no hace la calle, trabaja en un apartamento. Tiene sus propios clientes. Hoy me ha soltado que no puede cuidar de mi peluda porque no se lleva bien con sus perros. ¿Y ahora qué hago yo?

He sentido el impulso de responderle: «Ya me la quedo yo», pero, por suerte, no lo he hecho. He aprendido a controlarme, al menos un poco. Por impulso he prestado dinero que no tenía, he regalado tiempo que me faltaba y objetos que he tenido que volver a comprar. Se nota que no soy realmente generosa, que no estoy a la altura de mis arrebatos, como me dijo Doug una vez.

Daniele tiene sesenta años y el pelo blanco.

–Me fastidié la vida con la cocaína –me contó–. Pesaba cuarenta kilos más que ahora. Estoy aquí porque en mi trastero encontraron dos fusiles, pero no eran míos.

–¿Por qué consumías tanto? –le pregunté.

Se volvió y me observó con aquellos ojos extraños.

–Porque estaba enamorado.

Le conté a la doctora Del Fante que había soñado con una casita de campo –con el suelo de tierra batida y una gran chi-
menea– en la que dibujaba y me sentía a gusto.

La vi tan contenta después de contarle el sueño que me
atreví a preguntarle cómo estaba ella.

–La vida nos plantea cambios profundos. Yo no sé lo que
me deparará, pero tarde o temprano espero volver a ser tan
feliz como lo fui en el pasado.

Yo no tengo ningún sitio al que volver: Doug ya no está.

Me parece imposible que, después de lo mucho que nos
hemos querido y de todas las cosas que hemos compartido
–los viajes, las casas, los objetos que hemos elegido juntos,
los problemas vividos, los encuentros, las discusiones, las
miles de veces que hemos hecho el amor–, ahora Doug esté
con otra.

Cuando lo pienso, siento un dolor en el centro del pecho
y me avergüenzo.

La otra noche, mientras lloraba desconsoladamente en el
sofá, la Voz me susurró:

–Vasili tuvo un hijo con Nina, se llamaba Volodia y murió
cuando tenía tres años. Él y Nina no hablaban nunca del

niño. A Nina, en cambio, la asesinaron a los ochenta y cinco años en su villa de Gstaad y te puedo asegurar que yo no tuve nada que ver: cuando la mataron, para robarle las condenadas joyas, yo ya llevaba muerta dieciocho años. ¿Sabes una cosa? Lamento la muerte del niño, pero no la de Nina. No tienes de qué avergonzarte: cuando se ama tanto a alguien, es un derecho que adquieres y que conservas para siempre. Es la ley de la jungla.

–Yo no me alegraría si le pasara algo a esa mujer, ni siquiera la conozco, no me ha hecho nada. Además, si Doug la ha elegido, estoy segura de que es una persona que vale mucho –le respondí–. Es a mí misma a quien odio.

–Está claro que a ti te falta un tornillo –suspiró Gabriele.

El director del coro nos ha soltado hoy un discurso para motivar a los presos, porque los jueces de instrucción y los magistrados han denegado muchas de las solicitudes para salir con motivo del concierto.

De momento, solo han aceptado cinco de cuarenta.

–No perdamos la esperanza –ha instado–. La última vez un permiso nos llegó cinco minutos antes de salir. Pero, en el caso de que no lleguen, os recuerdo que nosotros cantamos por cantar, no por el concierto.

Mientras él hablaba, se respiraba una mezcla de atención y rabia. Después hemos cantado mejor que nunca.

Antes de irme, el Conde me ha dado otra hoja de papel plegada en cuatro y me la he guardado en los vaqueros.

Tommy no habla nunca, pero toca muy bien.

Mientras esperábamos a que nos abriesen la reja para poder salir, le he mirado las manos, apoyadas en los barrotes. En los dedos de su mano derecha llevaba tatuada la palabra *HATE*, una letra en cada dedo, y en la izquierda la palabra *KING*. Me ha visto desviar la mirada de sus manos a sus ojos y, por primera vez, le he oído la voz.

–¿Qué es eso del brazo? –me ha dicho.

−¿Te refieres al tatuaje? −le he preguntado, indicando la minúscula araña que llevo en el pulgar izquierdo.

−No, ese triángulo grande −ha respondido él mientras me señalaba el brazo.

Nadie antes se había fijado en esa quemadura.

−Ah, nada, la plancha −le he contestado.

−Mi madre también se quema siempre −ha dicho, sin sonreír.

Una tarde que planchaba mientras lloraba me quemé el interior del antebrazo izquierdo y me ha quedado una marca marrón en forma de letra *V*.

−*V* de venganza −se burló la Voz.

He bajado los tres tramos de escalera y he atravesado siete rejas hasta llegar a la portería antes de leer el papel del Conde.

Eran dos hojas dobladas en cuatro. Una de ellas decía: «Ferdi se va a un centro de desintoxicación y te manda esto». La otra hoja era un retrato mío hecho a lápiz, muy logrado: aparezco con la barbilla levantada y los labios entreabiertos mientras canto. La firma es una *F*.

Como hoy llovía a cántaros, he cogido el tranvía y he llegado a la visita con la *psico* tres cuartos de hora antes.

Hay una ambulancia delante del portal, con las puertas traseras abiertas de par en par, las luces encendidas y un tipo sentado al volante, hablando por el móvil.

Tengo la sensación de que han venido a por Charlotte.

Ya sé que puede ser cualquiera del edificio, pero temo que sea Charlotte: la última vez que la vi tenía muy mal aspecto.

Subo a pie los cinco pisos –para no ocupar el ascensor, como nos enseñaron en el curso de prevención de incendios– y, al llegar, me encuentro la puerta abierta de par en par. El paragüero está volcado y un paraguas ha terminado en mitad de la antesala. Lo rodeo, como si fuera una serpiente.

La puerta de la consulta está abierta.

Me quito los auriculares.

Del interior me llega la voz de un hombre que habla a toda prisa.

Me asomo. En el interior hay dos enfermeros: uno de ellos, rapado, está inclinado sobre el diván; el otro se encuentra en mitad de la sala hablando con un hombre al que ya he visto en alguna parte. La voz agitada es la suya.

Habré entrado aquí, no sé..., unas cuarenta veces y siempre estaba todo igual: las cortinas blancas; la *psico* sentada en la silla con una mesita delante, una caja de pañuelos sobre la mesita y otra de caramelos de fruta, un cuaderno y un lápiz rojo; junto a la pared, un diván cubierto con una tela azul y, delante de la mesita, el sillón rígido en el que me siento yo.

Ahora la silla de la *psico* está volcada, alguien ha movido la mesita y el sillón, y hay seis personas en una habitación en la que nunca hemos sido más de dos. Es una escena a la que mi mente no encuentra sentido.

Sobre todo porque al lado del diván, de pie, está Charlotte y, tendida en el diván, está la *psico*: tiene los ojos cerrados y le falta un zapato.

Charlotte se vuelve hacia mí y dice:

—Se ha desmayado y hemos llamado al 118.

Fulanito, el tipo ese al que ya he visto antes, está hablando con los enfermeros:

—Pues sí, ya habíamos terminado... y cuando se ha puesto en pie se ha caído redonda al suelo. He intentado reanimarla, luego ha entrado la señora: entre los dos la hemos tendido en el diván, le hemos puesto los pies en alto, le hemos mojado la frente y yo le he tomado el pulso. Se ha medio despertado, pero enseguida ha vuelto a cerrar los ojos y entonces hemos decidido llamar...

—Dejen un poco de espacio, por favor —nos pide el enfermero de la barba.

Coge a la *psico* por las axilas al tiempo que el enfermero rapado la sujeta por las pantorrillas y, como si fuese un maniquí, la colocan en una camilla que está justo al lado del diván.

—¿Podemos ir con ustedes? —pregunta Charlotte—. ¿Adónde la llevan?

El rapado guarda silencio y es el otro quien responde:

—San Giuseppe. Si no son familiares, no.

Los enfermeros se marchan con la camilla.

Fulanito corre tras ellos con el bolso de la *psico* y se lo pone en bandolera a la enferma.

—Hay que cerrar la puerta y decirle al portero que avise al marido.

—El marido está muerto —informa Charlotte.

Fulanito la mira.

—¿Cómo que está muerto?

—Lo atropellaron. Hace un año.

—¿Y usted cómo lo sabe? —pregunto yo.

Lo he pensado en voz alta. Me pongo roja.

Se vuelven a mirarme.

—Me lo contó la doctora Del Fante —responde Charlotte.

Se encoge de hombros y corre hacia la escalera.

—A mí nunca me cuenta nada —dice él, y la sigue.

Yo también los sigo.

A mí la *psico* tampoco me cuenta nada de su vida: solo asiente con la cabeza cuando le suelto que quiero suicidarme y sonríe.

Llegamos justo cuando la ambulancia ya se marcha. Ha dejado de llover.

Fulanito nos mira y dice:

—Trabajo en emergencias, ya lo gestiono yo. —Y dirigiéndose al portero indio, que está cerrando el portal, añade—: Tenemos que avisar a la familia de que la doctora se encuentra mal y la llevan al San Giuseppe. ¿Tiene usted el número de teléfono de su casa?

—Sí, número canguro niños —responde.

Hasta ahora, nunca le había oído la voz.

–Trabajo como operador humanitario, yo me encargo –dice Fulanito.

¿Operador humanitario? Por los zapatos, me pegaba más profe o algo así.

El portero nos lee un número con prefijo 02 –parece que aún queda gente que usa el fijo, además de mi abuela–, mientras Fulanito se pone unos auriculares iguales a los míos y marca el número en su teléfono.

Con un tono de voz sereno, muy distinto al de antes, saluda:

–Buenos días, ¿hablo con la canguro de la doctora Del Fante? Mire, si tiene niños cerca, no diga nada preocupante. Tranquila, que no ha pasado nada grave, pero la doctora se ha desmayado. ¿Podríamos avisar a la familia?... Sí, su tía es perfecto, ¿me da el número? –Guarda un número en su móvil mientras sigue hablando.

Es eficiente este Fulanito, antes no lo parecía.

–¿Puede quedarse usted con los niños hasta que tengamos más noticias?... De acuerdo, gracias, la informo en cuanto sepa algo.

Charlotte se vuelve hacia mí y frunce los labios en un gesto de admiración mientras señala a Fulanito con el pulgar.

Luego me sonríe y se presenta:

–Yo soy Galla.

Menos mal que se me da bien contenerme cuando me da la risa.

–Y yo Bianca –respondo.

–Un nombre muy bonito –dice ella.

Galla. Me alegro de que estés bien.

Fulanito hace un gesto con la mano mientras habla por teléfono.

–Me llamo Nicola Filiasi, ¿es usted la hermana de la doctora Del Fante?... Ah, buenos días. Mire, quería informarle de que la doctora ha sufrido una pequeña indisposición hoy en la consulta y ahora mismo la están trasladando al San Giuseppe... Sí, un desmayo... ¿Hipoglucemia? Bueno, entonces... Ah... Sí, acabo de saber lo de su marido... Sí, puede que el estrés... No, yo soy uno de sus pacientes... Escuche, si quiere puedo acercarme un momento al hospital a ver si hay noticias. Si es como usted dice, la aviso enseguida.

Cuelga, se dirige hacia nosotras y nos pone al tanto:

–La hermana está en Roma y no tiene familia en Milán. Parece que la doctora tiene un problema de hipoglucemia y a veces sufre desmayos: tendríamos que saber si es necesario que venga la hermana. Vamos en mi coche, todos podemos ayudar.

Lo de «Todos podemos ayudar» me ha gustado.

Me siento culpable porque estoy bien, mientras que Anna Del Fante no lo está; pero es bonito que seamos tres y podamos hacer algo útil. Con estos dos desconocidos, Bianca y Nicola, me siento un poco como si fuéramos un equipo, como cuando canto en el coro.

Además, es como si ya los conociese, pues los observo desde hace tiempo. Son ellos los que no me conocen a mí.

Seguimos a Nicola hasta un Panda de color naranja, aparcado cerca del bar en el que me tomo mi *ginseng* antes de subir a la consulta de Anna Del Fante.

Nos metemos en el coche: la chica en el asiento trasero y yo al lado del conductor. Huele raro, a una mezcla de folletos, paquetes de pañuelos de papel y polvo.

Mientras él pone el coche en marcha, suena un teléfono.

—¡Es ella! —exclama la chica.

Nos volvemos los dos a mirarla, al tiempo que atiende la llamada:

—Sí..., gracias... De acuerdo..., pero... ¿todo bien?... Vale, pues hasta el martes.

Luego se dirige a nosotros, con la mirada fija en un punto por encima de nuestras cabezas:

–Era la doctora, para avisarme de que nuestra sesión de hoy se cancela. Ha dicho que está bien.

–¿Y no le has dicho que lo sabemos y que estamos yendo al hospital? –pregunta Nicola.

–No –responde ella.

Nicola apaga el motor.

–Has hecho bien. Significa que se ha recuperado y que no es nada grave, como me ha dicho su hermana. Será mejor que la llame enseguida, y a la canguro también. Necesito beber un vaso de agua, ¿me acompañáis? –nos propone, mientras señala mi bar.

Entramos y el camarero simpático nos mira un poco sorprendido. Quién sabe, a lo mejor ellos también vienen solos, como yo.

–¿*Ginseng* grande, como siempre? –me pregunta.

Asiento.

–¿Y su hija qué toma?

Cree que Bianca es mi hija y puede que también piense que Nicola es mi marido. «No es mi hija», estoy a punto de decirle, cuando ella se adelanta y pide «una Coca-Cola» y Nicola, «un café y tres vasos de agua, gracias».

En ese momento, Bianca pronuncia una frase entera:

–Yo ya tengo mi botella, no necesito agua, gracias.

–Solo dos –rectifica Nicola, alzando dos dedos.

Bianca es inescrutable, no hay forma de saber qué piensa o qué siente, mientras que Nicola luce una expresión concentrada.

Llama primero a la hermana y luego a la canguro, se disculpa con las dos por haberlas alarmado, y luego comenta algo que me lleva a pensar que la doctora ya ha hablado con las dos.

Cuando cuelga, señala una mesa.

–¿Nos sentamos un momento? –dice, dejándose caer en una silla–. Esto se llama *overreaction*.

–¿Cómo? –pregunto.

–*Overreaction* –repite silabeando–. En nuestra jerga. He reaccionado de manera exagerada y he cometido un error. Debí haberme esperado a tener otros elementos antes de llamar a la familia: no he pensado que podía despertarse enseguida y que era mejor no alarmar a nadie.

–Pues yo creo que lo ha hecho muy bien –le contradigo–. A mí jamás se me habría ocurrido colgarle el bolso con el teléfono. ¿De qué ha dicho que trabajaba?

–Operador humanitario. Ya hace un tiempo que trabajo en las oficinas, pero antes iba a las misiones –explica.

Se bebe el agua de un trago. Suspira.

–Después de esta desastrosa operación de salvamento, ¿podemos tutearnos?

–Claro –asiento.

Bianca guarda silencio, pero no parece incómoda. Ha rechazado la cañita y bebe su Coca Cola directamente de la lata.

Es la primera vez que le veo bien la cara, sin auriculares en los oídos. Lleva los ojos demasiado maquillados de negro, tiene la piel demasiado blanca, el pelo demasiado rubio y demasiados *piercings* en las orejas, pero es guapísima.

Se oye una señal acústica y Nicola coge su teléfono. Nos lee en voz alta el mensaje que ha recibido: «Disculpe las molestias, me he desmayado por una bajada de glucosa, pero ya estoy bien. Nos vemos el martes, gracias».

Consulto mi teléfono por si la doctora también me ha escrito a mí y encuentro el mismo mensaje.

En el mío, sin embargo, Anna Del Fante ha añadido una carita que guiña el ojo.

He quedado como un imbécil, aunque «Buen Culo» y la rubita no se han dado cuenta.

«Buen Culo» tiene un nombre ridículo, Galla, y la rubita creo que se llama Bianca. Es inexpresiva y rígida como un palo, pero ha sido todo un acierto por su parte hacerse la loca cuando Del Fante la ha llamado.

Supongo que Del Fante pensaba que aún no habría llegado a la consulta y quería ahorrarle el estrés. En cambio, ha sido la rubita quien le ha evitado a ella el estrés de hacerle saber que no solo lo había visto todo, sino que estaba intentando ayudarla.

El único imbécil he sido yo, que he metido la pata hasta el fondo, no he tenido en cuenta el contexto y me he sentido como cuando estaba en una misión y tenía que reaccionar con rapidez.

Dios, cómo echo de menos la acción, la adrenalina, las emergencias.

Parece que mis compañeras han apreciado mi intervención. Rosa, en cambio, no me habría perdonado que diera la voz de alarma antes de lo necesario.

Rosa, Rosa, Rosa... Hacía muchísimo tiempo que no pasaba una hora entera sin pensar en ella.

Pago la cuenta y la rubita me acerca dos euros.

–Por la Coca-Cola.

En lugar de reírme, me los guardo en el bolsillo; creo que, con esta, es mejor así.

La otra ni se ha enterado de que he pagado: está apoyada en la barra con una sonrisa en los labios. Está delgada, pero tiene un cuerpo bonito y una boca sensual. Sería una mujer muy guapa si no estuviera tan flaca.

La chica también es guapa, pero, como la mayoría de sus coetáneas, no me resulta nada sexi.

Rondará los quince años, tiene los hombros hundidos y los únicos detalles femeninos en ella son la raya negra de los ojos y el esmalte negro de uñas, aunque a mí el negro no me va.

Ninguno de los tres hace ademán de marcharse del bar.

Tengo hambre: normalmente, después de la sesión, como en un sitio que está por aquí cerca, pero este bar me gusta más. Aunque es pequeño, en la barra tienen muchas cosas: sándwiches, tartas saladas, bocadillos... Hasta albóndigas con verduras.

–Me parece que voy a pedir algo para comer. ¿Vosotras? –propongo.

–Otro *ginseng* grande –dice «Buen Culo».

–Otra Coca –pide la rubita.

–Si quieren, les sirvo fuera, ya está seco –sugiere el camarero.

Salimos a la plazoleta.

Hay cuatro mesitas cuadradas rodeadas de sillas plegables de hierro. Es todo pequeño, pero se ve cuidado y alegre.

Mientras esperamos mi bocadillo, «Buen Culo» nos mira alternativamente con media sonrisa y, al final, dispara:

–Ya hace tiempo que os observo a los dos. Os llamo «Antes» y «Después». He querido hablaros muchas veces.

Yo no puedo decirle que la llamo «Buen Culo», así que me limito a sonreír.

–Yo también te veía, pero en las salas de espera de los médicos nunca se sabe hasta qué punto hay que ser discreto.

La rubita no abre la boca, pero percibo su mirada atenta, que absorbe cada uno de nuestros gestos y de nuestras palabras.

Y entonces, de repente, fija la mirada en un punto por encima de «Buen Culo» y dice:

–Yo te llamaba Charlotte porque te pareces a Charlotte Gainsbourg.

Quién sabe por qué Bianca, que es tan joven, visita a Anna Del Fante.

–Me gusta mucho Charlotte Gainsbourg –respondo.

Nos miramos con interés, mientras Nicola parece perplejo. Puede que no le guste Charlotte Gainsbourg, o que no se acuerde de ella.

Quién sabe por qué las mujeres ponen apodos a los desconocidos y los hombres no.

Me gusta estar aquí con ellos, aunque sé que no podemos hablar con total libertad. Trato de imaginar lo que me diría Anna Del Fante.

Tal vez: «Empieza por el problema», como me repite de vez en cuando.

Me lanzo.

–Me gustaría deciros muchas cosas, pero creo que una de las reglas del psicoanálisis es no hablar del psicoanálisis fuera de la consulta.

Nicola asiente.

Bianca guarda silencio.

–Pero aunque no hablemos de los motivos por los que vemos a Anna Del Fante ni del contenido de las sesiones, algo de nosotros mismos sí podremos contarnos, ¿no? –añado–.

No tendría que haberos dicho lo del marido de Anna Del Fante, se me ha escapado.

–Eso es, muy bien. Preferiría no saber nada de la doctora, como norma –suelta Nicola, en un tono un poco agresivo.

Bianca me lanza una mirada preocupada.

Cuando Nicola habla de nuevo, lo hace en un tono más amable:

–Pero creo que no tiene nada de malo que hablemos un poco de nosotros. Yo ya os he dicho que trabajo para una ONG. Durante muchos años he participado en misiones humanitarias en África y Haití, pero ahora recaudo fondos en Milán. Nací aquí, pero mi familia es de Tarento.

–Yo soy de Comacchio –intervengo– y tampoco veía la puesta de sol en el mar.

Él no lo pilla.

Bianca permanece callada.

–¿Y tú? –le pregunto.

–De Milán –responde ella.

–Hace algún tiempo que no trabajo –continúo–, pero hago voluntariado en la cárcel, canto en un coro de presos drogodependientes.

De pronto, Bianca parece interesada.

–¿Qué cantas?

–Estamos ensayando canciones milanesas –digo, reparando en su mirada decepcionada–, pero también otras como *Redemption Song*, de Bob Marley. Nuestro coro te gustaría –añado, sin saber por qué.

Tengo la sensación de que Bianca se está relajando. Saca de su mochila un sobre de tabaco y papel de fumar para liarse un cigarrillo.

–¿Os molesta si fumo? –pregunta.

–Estamos al aire libre –contesta Nicola, encogiéndose de hombros.

Parece otra vez enfurruñado.

–En absoluto –digo yo, aunque me parece un poco joven para fumar.

Ya deben de ser las cuatro de la tarde. Dentro de poco llegarán las mamás con los niños que salen del colegio.

–Ah, ¡yo tengo un gato! –exclama Nicola, como si en ese momento hubiera recordado de golpe el detalle más significativo de su vida.

–¿Cómo se llama? –quiero saber.

–Mimì –dice, radiante.

–Mi abuela tenía una gata siamesa que se llamaba Mimì; murió el año pasado –explica Bianca.

–¿Cuántos años tenía? –se interesa Nicola–. La gata, quiero decir...

Por primera vez, Bianca estira los labios en una especie de sonrisa.

–Diecisiete o por ahí. Mi abuela me contó que la adoptó cuando mi madre estaba embarazada de mí, para que jugáramos juntas.

–Entonces, ¿tienes diecisiete años? –le pregunto.

–Cumplo dieciocho en noviembre –responde.

Luego enmudece de nuevo, como si hubiera hablado demasiado.

Falta una semana para noviembre.

–¿Dieciochooo? –comenta perplejo Nicola, arrastrando la o final–. No te echaba más de quince.

Ni yo, pero no me ha parecido correcto decirlo.

Bianca termina el cigarrillo y lo apaga en el cenicero. Deja dos euros sobre la mesa.

–Yo me tengo que ir, hasta luego –se despide, tras lo cual se marcha en dirección contraria al parque.

La observamos mientras se aleja con un hombro hundido por el peso de la mochila. Se pone otra vez los auriculares, camina rígida y un poco encorvada.

–¿He dicho algo malo? –pregunta Nicola.

–Puede que a esa edad no les guste mucho parecer más jóvenes, pero qué le vamos a hacer –respondo.

Él dirige la mirada al cielo y siento un poco de lástima, con esas cejas en forma de ala de gaviota que le dan aspecto de estar siempre enfadado.

Ahora que Bianca no está, me siento menos cómoda con él.

–Bueno, la próxima vez que nos encontremos en la sala de espera podemos saludarnos, si te parece –digo, para despedirme.

Me mira como si quisiera preguntarme algo, pero luego sacude la cabeza.

–Desde luego –asiente, en un tono algo forzado–. Y gracias, ¿eh?

–No, gracias a ti –replico.

Cuando entro a pagar, el camarero me dice: «Ya está arreglado» y señala a Nicola, que, en ese momento, se marcha.

Ahora ya sabe que no era mi marido.

Durante veinte minutos he tenido una familia y me ha gustado.

¡Así que «Buen Culo» voluntaria en San Vittore! A lo mejor conoce a mi hermano. El muy imbécil estaba en el módulo de drogodependientes, pero luego, con la condena definitiva, lo trasladaron a un centro de rehabilitación.

Solo fui a visitarlo una vez a San Vittore, ¡cuánto le gustaba aquel módulo! Y no me extraña: todos pendientes de él, educadores, psicólogos, el curso de arte y el coro. Todos compadeciéndolo, pobrecito. ¡Pobrecito yo!

A Rosa le daba mucha risa mi relación con él.

Intenté explicarle que el problema con mi hermano no son los líos en que se mete, sino que es un alcohólico. Y lo será siempre.

Desde que tengo ocho años vivo con la angustia de sus líos. Empezó a hacer burradas ya de pequeño y siempre ha sido raro, excesivo, con tendencia a autolesionarse. Sensible, decían, un artista. Temperamento artístico... ¡y una mierda! A mi madre la hizo sufrir tanto que la pobre murió antes de cumplir los setenta y mi padre nos dejó por su culpa.

–¡Pero es tu hermano! –gritaba Rosa–. Nosotros ayudamos a los demás, ¿recuerdas?

Imposible hacerle entender que una cosa es ayudar a desconocidos inocentes y otra a quien te arruina la vida.

A mí, aquel imbécil me robó la infancia; la infancia y la adolescencia. Todos siempre pensando en él, discutiendo por él, solucionando sus líos y pagando sus deudas.

Lo único bueno que ha hecho en su vida fue recoger a Mimì de un charco y llevársela a casa. Por cierto, que el nombre se lo puse yo. Si fuera por él, la pobre no tendría ni nombre.

Lo que habrá visto la pobre Mimì cuando vivía en aquella locura de casa: a lo mejor, por eso mismo, come de manera compulsiva.

Me escribe desde el centro de rehabilitación y me dice que, cuando salga, quiere recuperarla. Que se vaya olvidando: Mimì es mía.

Total, de aquí a tres meses volverán a detenerlo.

No resiste sin beber ni meterse en líos. Peleas, deudas, accidentes: siempre hay algo.

Yo ya no quiero saber nada de Ferdinando.

Él y sus dibujos, sus melancolías. Puede que engañe a los demás como si fueran tontos, pero a mí no: es un egoísta de mierda y estoy harto de él.

Ahora que Rosa ya no está, ya nadie puede soltarme el sermón ese de que tengo que ocuparme de él porque «el pobrecito está fatal». ¡Y una mierda está fatal! Tiene cuarenta años. Y sus líos ya no son mi problema.

–Yo la toco con la guitarra –deja escapar Bianca, mientras contempla el interior de la lata que tiene en la mano como si hubiera caído un insecto en su interior.

–Ah, genial, ¿qué dices que tocas?

Hoy se ha puesto un plumón negro encima de la sudadera. Si tuviéramos más confianza, le regalaría uno de mis viejos chaquetones de piel Miu Miu: le quedaría muy bien.

Ahora parece una niña que ha dicho una burrada y se tapa los oídos para no escuchar la reacción.

Me había prometido a mí misma que la trataría como si fuera una adulta, pero, con ella, me resulta difícil: percibo su tensión, noto su incomodidad.

–*Redemption Song*, de Bob Marley –se apresura a contestar, con la barbilla pegada al pecho.

Luego levanta la cabeza y me mira.

–¿¡Qué dices!? ¡Muy bien! –respondo, con exagerado entusiasmo.

Y entonces se me ocurre una idea.

–Podrías tocarla con nuestro coro en San Vittore. El chico que suele venir ahora no puede, nos falta un guitarrista. ¿Ya tienes dieciocho?

Bianca asiente.

No siempre, pero de vez en cuando las ideas repentinas son brillantes y, cuando eso ocurre, lo noto. Y esta es una de esas veces.

Desde que nos conocimos, tenía ganas de volver a ver a Bianca a solas. Había pensado en invitarla a tomar algo en el bar.

Le pregunté a Anna Del Fante si podía.

–Siga su instinto –me respondió ella.

Hoy, cuando me he cruzado con Bianca en la sala de espera, le he preguntado si quería que nos viéramos en el bar después de la sesión. Ha apretado los labios y me ha mirado, como si quisiera decir: «No sé...». Al cabo de una hora ha aparecido.

Ha dejado la mochila en la silla que estaba frente a mí, se ha quitado los auriculares y los ha guardado en una cajita blanca que luego se ha metido en el bolsillo de los vaqueros. Después se ha sentado a mi lado, con la espalda apoyada en la pared, y ha pedido una Coca-Cola en lata.

–¿Cómo celebraste tu cumpleaños?

–Cenando con mis padres y mi abuela.

–Ah, muy bien –le he dicho, aunque, en realidad, pensaba «Qué triste».

Yo, para celebrar mis dieciocho años, fui al concierto de David Bowie en Milán.

Bowie era nuestro ídolo: mío y de Alessandra. Aquel año hacía su primera gira por Italia y habíamos decidido ir pasara lo que pasase, pese a que teníamos el examen de selectividad.

Nos hubiera gustado ir al primer concierto, el de Florencia, pero las entradas ya se habían agotado y, antes que arriesgarnos a no poder entrar, nos decidimos por Milán, el segundo escenario de la gira: precisamente el día de mi cumpleaños.

De vez en cuando le doy vueltas: si hubiéramos encontrado entradas para Florencia, a lo mejor nunca habría trabajado como modelo, nunca habría vivido en Milán y no hubiera conocido a Doug. Quién sabe qué vida habría tenido, si habría sido más feliz o menos.

De joven jamás pensé que viviría en Milán, que, vista desde Comacchio, parecía una ciudad gris, soberbia y casi antipática. No había ido nunca ni sentía la curiosidad de hacerlo.

Alessandra y yo conocíamos a algunos milaneses que veraneaban en las playas de Comacchio.

En nuestros sueños, nos veíamos en Londres o en Berlín, sobre todo Alessandra. Yo también me veía en Bolonia o Florencia, ambas ciudades con una buena Academia de Bellas Artes, que era lo que quería estudiar después de la selectividad. Imaginaba que tarde o temprano terminaría viviendo en una de las dos.

Lo único que sabía de mí misma era que me gustaban las formas y los colores, y que quería ser ilustradora.

Tenía claro que no quería quedarme en Comacchio, ni siquiera en Rávena, que era donde Alessandra y yo estudiábamos bachillerato. Teníamos que levantarnos todos los días a las seis para coger el autobús.

Rávena estaba muy lejos de todo, y a nosotras nos parecía un pueblo apenas un poquito más grande que Comacchio.

Los mosaicos bizantinos y la tumba de Dante, que atraían a turistas de todo el mundo, no bastaban para hacerla algo más interesante a nuestros ojos.

Mientras vivía con mi madre, me avergonzaba llamarme como un mausoleo.

Después, cuando empecé a trabajar, le cogí un poco más de aprecio a mi nombre: en los *castings* todo el mundo lo recordaba y, cuando les contaba la complicada historia de la emperatriz romana, se daban cuenta de que yo no era la típica modelo ignorante.

Ponerme ese nombre fue uno de los pocos gestos valientes de mi madre: «Recuerda —decía— que los visigodos la tomaron como rehén y Gala acabó convirtiéndose en su reina».

Alessandra y yo desdeñábamos los mosaicos, soñábamos con estudiar en una ciudad que tuviera una vida social divertida y apasionante, lejos de nuestras familias, de los pesqueros y de la soledad de los valles y del mar Adriático en invierno.

En aquel entonces, celebrar mi cumpleaños como lo había hecho Bianca me habría parecido lo más deprimente del mundo.

El 10 de junio de 1987 vi Milán por primera vez.

La estación se me antojó gigantesca. Mientras caminaba por el andén, entre la multitud que descendía del tren, me sentí libre y valiente.

En Comacchio y Rávena nunca había caras nuevas, excepto durante los tres meses de verano: nos sabíamos de memoria todas las caras que veíamos por la calle.

Aquel día, en cambio, yo alcanzaba la mayoría de edad, estaba con Alessandra, íbamos al concierto de David Bowie y Comacchio quedaba muy lejos: no podría haber sido más feliz.

Desde la plaza que estaba frente a la estación eché un primer vistazo a aquella ciudad gris y desconocida, y me pareció inesperadamente excitante.

Sí, el día al completo fue excitante, glorioso e inolvidable, desde el mismo momento en que había abierto los ojos, a la seis de la mañana, y había pensado que por fin mi vida iba a cambiar, hasta las seis de la mañana del día siguiente, cuando cogimos el primer tren a Bolonia tras pasar veinticuatro horas despiertas, entusiasmadas por un concierto espectacular, por las personas a las que habíamos conocido, por las cervezas y los cigarrillos.

Alessandra y yo acabábamos de constatar que el mundo en el que queríamos vivir existía.

La escenografía elegida por David Bowie para sus primeros conciertos en Italia era una araña, una araña gigantesca y luminosa de la cual descendía él, vestido de rojo, hasta el centro del escenario con un teléfono en la mano y cantando *Can you hear me?* ¡Había titulado su gira «*Glass Spider*»!

Lo interpreté como una señal. Lo intuía: si David Bowie había escogido el símbolo de la araña, entonces las arañas eran maravillosas y yo, en lugar de una arañita pálida, podía ser una araña fuerte y reluciente.

Decidí tatuarme una en la muñeca para no olvidarlo nunca.

En el tren, antes de dormirme, encontré en el bolsillo un número de teléfono al que no tenía intención alguna de llamar. Sin embargo, lo hice y mi vida cambió de verdad, pero de una forma completamente distinta a como yo había imaginado.

–Pues felicidades –le digo a Bianca–. Pero hablo en serio –insisto–. *Redemption Song* la cantamos siempre; para las otras solo necesitamos un poco de acompañamiento, puedes tocar de oído. Si te apetece, hablo con el director, se alegra mucho cuando entra alguien joven en el coro. Ahora que ya eres mayor de edad se puede solicitar el permiso. Solo se te pide un mínimo de continuidad.

Bianca guarda silencio durante cinco segundos. Luego, casi sin mover los labios, responde:

–Vale.

Eso que me ha dicho Galla de tocar en la cárcel me parece una pasada.

No sé si podré tocar con desconocidos, pero ¡ostras!, sí que me gustaría entrar en una prisión para ver cómo es por dentro.

Fue en la cárcel, a los dieciséis años, donde Jahseh conoció a Ski Mask y empezó a escribir canciones. *Vice City*, su primera pieza, la subió a SoundCloud nada más salir de la cárcel, y el lanzamiento de *Bad Vibes Forever*, el primer álbum que compuso, tuvo que aplazarlo porque estaba preso otra vez.

Firmó el contrato con Empire Distribution cuando volvió a prisión; los treinta y dos tatuajes que llevaba se los hizo casi todos allí: el corazón partido bajo el ojo izquierdo, el elefante del cuello, el nombre de su madre –Cleopatra– en el pecho, la luna creciente en el hombro, las máscaras, las frases...

~~La trena fue muy importante en la vida de Jahseh y ver~~ cómo es por dentro sería para mí una forma de estar más cerca de él.

A papá y a mamá tengo que planteárselo como si fuera una buena acción: es mejor que no mencione a Jahseh, porque entonces quizá no me dejen.

Es cierto que ya soy mayor de edad, pero, mientras viva con mamá y me mantengan ellos, tampoco es que pueda hacer todo lo que me dé la gana.

No me queda otra que contárselo: me ha dicho Galla que, cuando entras, tienes que dejar el teléfono. Y si mamá me llama y no le contesto durante dos horas, se muere.

Le he dado a Galla una fotocopia de mi carné de identidad, a ver qué pasa. Si conceden el permiso, se lo pregunto a mis padres. Si no, me ahorro el esfuerzo.

Mamá se cabrea porque nunca le cuento nada, pero una vez le expliqué el porqué: todo lo que le digo se convierte en un motivo de preocupación. No me escucha, lo entiende todo al revés, lo interpreta a su manera. Opina cuando nadie se lo pide, pregunta, pontifica. Se pasa tres días meditando sobre lo que le he dicho, como si se tratara de una gran revelación, y luego saca otra vez el tema con una serie de teorías absurdas sobre mí.

–Es porque se preocupa mucho por ti –me decía Tere.

–Ya, pues vaya coñazo, que se preocupe un poco menos –le respondía yo.

Lógicamente, mamá tampoco me escuchó ni siquiera cuando le dije todo eso, así que ya he renunciado: hablar con ella es inútil y contraproducente. Solo lo hago si me siento obligada o estoy desesperada, como cuando me dejó Tere. Aquella noche dormí con ella, se lo conté todo y no hizo preguntas. Pero yo estaba desesperada, así que no cuenta.

Con papá es distinto. Con él podría hablar de lo que sea y no se pondría nervioso, pero es que no me sale contarle cosas de mí: me da miedo que me considere demasiado quisquillosa, demasiado parecida a mamá. Hablamos de voleibol, de geografía, de series de televisión, de música y de cosas del instituto, cuando iba.

Sobre lo demás, mejor callar, incluso con él. Si mi madre supiese lo importante que es para mí Jahseh, enseguida pensaría que yo también me drogo o algo por el estilo. Se pondría a ver sus vídeos, leería su biografía y hasta se le pasaría por la cabeza la idea de que no quiero ir al instituto porque él tampoco iba, aunque eso no tenga absolutamente nada que ver. Yo quiero ir al instituto, pero es que no puedo.

No me drogo, no bebo, ni siquiera fumo porros. Sí que me gustaría hacerme un tatuaje, pero ¿y qué?

A saber qué pensaría mamá si supiese que Jahseh estuvo en la cárcel por pegarle a una tía, aparte de por los robos y todo lo demás. Como si todo eso guardase relación conmigo.

Además, si mamá dijera algo sobre la forma en que murió Jahseh, rollo «¿No ves como los que hacen esas cosas acaban mal?», creo que no volvería a hablarle en mi vida. Mejor no arriesgarse.

Aunque, por otro lado, no se sabe muy bien por qué lo mataron. Estaba en el coche, solo. Salía de un concesionario de motos en Miami y dos personas que iban en un todoterreno negro le dispararon. Dicen que fue un intento de robo.

Me parece absurdo.

«A las vidas que nacen torcidas les cuesta enderezarse», diría mi abuela.

Solo tenía veinte años, dos más que yo. Jenesis, su novia, estaba embarazada de dos meses; acababan de saberlo.

Jenesis le puso al niño Gekyume, que, para Jahseh, significaba «un nuevo estado de cosas».

Aunque mamá y papá estén separados, la Navidad la pasamos juntos en casa de la abuela, como antes.

No sé si lo hacemos por mí, por la abuela o por mamá. Desde luego, no por papá: le tiene cariño a la abuela, pero solo también estaría la mar de bien.

Mis «abuelos alemanes» —así los llama mamá porque viven más arriba de Bolzano— ni siquiera celebran la Navidad.

Son majos, pero solo los veo una semana en febrero, cuando vamos a Bolzano a esquiar, y diez días en agosto. Tienen un hotelito y siempre están trabajando, sobre todo cuando los demás están de vacaciones, pese a tener los dos más de setenta años.

Supongo que, como trabajaban tanto, papá se acostumbró a apañárselas solo desde pequeño.

A mí la Navidad me gusta bastante.

Me divierto más si están la tía Tina y mis primos, pero solo vienen una Navidad sí y otra no.

Viven en Richmond, Virginia, «en la otra punta del mundo», subraya mi madre, como queriendo decir «mientras yo estoy aquí, ocupándome de todo».

En realidad, mamá no tiene que ocuparse de nada aparte

de mí, porque la abuela se las arregla perfectamente ella solita. Mucho mejor que mamá, a decir verdad.

¿Cómo es posible que de unos mismos padres nazcan personas tan distintas como mamá y la tía Tina? No se parecen en nada, ni físicamente ni en el carácter.

Mamá es mucho más guapa e infeliz que Tina, y a veces me pregunto si ambas cosas no estarán relacionadas entre sí. ¿Tal vez mamá esperaba encontrar el amor porque era guapa y la tía Tina estaba menos mimada?

Ahora que tienen cuarenta y seis mi tía y cincuenta y dos mamá, la diferencia ya no se nota tanto. Pero en las fotos de cuando eran pequeñas, resulta casi cómica: mamá guapísima a los doce años, alta, con una melena de rizos rubios y facciones de muñeca, y mi tía, a los seis, que parecía un monito con gafas.

Ahora Tina lleva flequillo y el nacimiento bajo del pelo no se le nota; se mantiene en forma mientras que mamá ha engordado, y se ha puesto lentes de contacto justo ahora que mamá ha empezado a llevar unas gafotas horrendas con el cristal de color gris para esconder unos párpados que, según ella, le cuelgan.

Sin embargo, las dos siguen conservando el mismo carácter de siempre: mi tía es alegre, curiosa y dinámica; mamá, por el contrario, cerrada, sombría y silenciosa.

Mi tía también está separada, pero no parece que le preocupe mucho el hecho de no vivir ya con mi tío Jorge, con el cual tuvo a Antón y a Rita, mis primos gemelos. Son cuatro años mayores que yo, hablan inglés, español e italiano, y son supersimpáticos.

Tienen la suerte de pasar una Navidad en México con sus abuelos paternos y otra en Milán, con nosotros.

Gracias a ellos he sabido que, en los Estados Unidos, a los veinte años eres adulto.

No veo el momento de considerarme adulta yo también, y no la especie de larva que me siento ahora.

Estoy contenta porque este año mis primos vienen a Milán. Lástima que llegan el 23 de diciembre, si no, los habría invitado al concierto del coro.

A la abuela sí la he invitado porque mis padres, por suerte, no pueden el 21: los días antes de Navidad las tiendas tienen mucho trabajo.

Al final no me ha resultado tan difícil tocar con desconocidos: hay algo en la cárcel que hace que los que vienen de fuera sean siempre muy majos y den lo mejor de sí mismos.

Supongo que, en la cárcel, descubres a lo bestia la suerte que has tenido. Todos los presos con los que he hablado han sufrido alguna desgracia terrible: un padre o una madre traficante, alcohólico o delincuente; un padre que pegaba a la madre; desgracias de todo tipo... Solo hay uno que, al parecer, tenía una familia normal: se llama Tommy y tiene un tatuaje igual al de Jahseh, un corazón partido bajo el ojo.

Pero mira, este Tommy, que físicamente está bueno, es el más tonto de todos los presos, porque lo de ser drogadicto y traficar se lo buscó él solito. Encima me ha contado que su madre es supermaja y su padre también.

Vamos, que en la cárcel comprendes que no haber nacido en el sitio equivocado es pura casualidad y te das cuenta de la enorme suerte que has tenido. Y a lo mejor es por eso por lo que todos los que vienen de fuera son amables, centrados, raros.

Los agentes que viven en el cuartel sí que me dan mucha pena. El director del coro me ha explicado que les pagan una miseria y por eso tienen que vivir en la cárcel. Ha añadido que son muy pocos los que consiguen encontrarle un sentido a ese trabajo de mierda. Lo ha dicho con esas palabras y yo no he preguntado más.

Desde el día en que Anna Del Fante se desmayó, Bianca, Nicola y yo nos vemos a menudo en el bar.

Siempre soy yo quien lo propone, pero ellos aceptan todas las veces.

Entre mi sesión y nuestras charlas, me mantengo alejada del sofá al menos medio día: la plazoleta del bar, al igual que la cárcel, se ha convertido en un sitio en el que me encuentro a gusto. Y la Voz no viene aquí.

Aunque le he cogido cariño, escucharla me resulta doloroso porque siempre habla de Vasili y de Doug.

Cuando estoy sola escucho música, leo o hablo con el camarero siciliano, que me tira un poco los tejos: se finge celoso de Nicola, pone una flor junto a mi taza de *ginseng* y me dice que tengo que volver a la hora del aperitivo para que él pueda ofrecerme su pócima de amor, que es un cóctel de ginebra y zumo de arándanos.

He conocido a Stella, la dueña de una tienda que está enfrente del bar. Vende joyas y accesorios.

Se me acercó ella un día para preguntarme dónde había comprado el bolsito rojo que llevo en bandolera. Le expliqué que lo había diseñado yo y luego se lo había encargado a un zapatero de la calle Paolo Sarpi. Ella me propuso fabricar unos cuantos para venderlos en su tienda.

Una vez me pidió que la sustituyera durante media hora y le vendí una pulsera carísima a un cliente. Era para su novia.

Me lo pasé bien, aunque me di cuenta de que solo soy capaz de vender las cosas que me gustan a mí.

Nicola, Bianca y yo no hablamos de nuestras sesiones ni de Anna Del Fante.

Les he hablado de los lugares a los que viajé cuando era modelo y de Gala Placidia, emperatriz de los romanos y reina de los visigodos. A Bianca le gustó mucho su historia.

Nicola nos ha hablado de su gata, de las misiones en África y Haití y de cuando iba de vacaciones a casa de sus abuelos, en Porto Cesareo, durante su infancia. Por lo que he entendido, su madre murió y él no ve a su padre, que vive en Apulia, ni tampoco a su hermano. También sé que no tiene novia.

Le pregunté por su familia, pero arqueó esas cejas suyas en forma de alas de gaviota.

El punto de inflexión con Nicola se produjo cuando su gata se puso enferma. Estaba tan preocupado que lo puse en contacto con Giovanna, la veterinaria que canta en nuestro coro. Mimì había dejado de beber y de comer por un problema en los riñones, y Giovanna la operó de urgencia y le salvó la vida.

Desde entonces, Nicola se muestra mucho más afectuoso conmigo.

Bianca nos ha hablado con una pasión insólita de un rapero llamado XXXTentacion, que, al parecer, tuvo una vida muy desgraciada y murió a los veinte años. He escuchado su música. Es potente y original. Sus temas son desgarradoras peticiones de ayuda, en las que me veo reflejada.

Me he dado cuenta de que Bianca no quiere hablar del instituto, ni de eso ni de sus padres separados, pero ha mencionado a una abuela materna a la que ve todos los sábados.

Nicola nos recomendó que leyéramos las cartas de Rosa Luxemburgo, «en vista de que a las dos os gusta frecuentar las cárceles».

No tenía ni idea de que Rosa Luxemburgo fuera una persona tan extraordinaria.

—Ya puedes decirlo bien alto —me soltó la Voz cuando terminé de leer, tumbada en el sofá—. No una histérica como nosotras, que nos dejamos engañar por el amor. ¿Sabes qué hizo Rosa cuando comprendió que Leo jamás la amaría como ella quería? Dejarlo y liarse con otro hombre dieciocho años más joven que él. Como canta vuestra querida Raffaella Carrà: «Y si te deja, no lo pienses más: búscate otro más bueno, vuélvete a enamorar».

Cuando Gabriele cita canciones del pop italiano, me entra la risa.

A estas alturas ya la tengo calada; ni me molesto en hacerle ver que admira en Rosa Luxemburgo lo mismo que criticaba en Kandinski.

Pero, aunque yo no hable, ella siempre sabe lo que pienso.

—Te equivocas, preciosa, ella sabía lo que quería y argumentaba sus motivos para creer en ello. Siempre luchó para conseguirlo, tanto en política como en el amor. Fue muy

clara con Leo, mientras que tu Doug y mi Vasili se escaquea-
ron como cobardes.

No me consuela pensar que, un siglo después de haberse
separado de Kandinski, Gabriele siga enfadada con él.

A mí me gustaría que Doug y yo fuéramos amigos. Echo
de menos su cariño, no solo su amor. Pero no parece que se
muestre afectado.

–Otra vez con lo de mostrarse afectado, mira que eres
idiota. –Se altera Gabriele–. Uno se muestra «afectado por
una enfermedad», ¡no lo olvides! Para una pareja, la única
forma honesta de separarse es a patadas. En una separación
de esas que llaman civilizadas tienes siempre las de perder.
No lo olvides, preciosa: ¡más Gala y menos Placidia!

Ese juego de palabras le gusta mucho y me lo repite a
menudo.

Bianca y yo también nos vemos en el coro, dos veces por semana. Toca muy bien la guitarra. Tengo la sensación de que ella y los otros dos músicos –trompeta y acordeón– se entienden muy bien. La he visto charlar con Tommy, el preso que tiene un corazón partido tatuado debajo del ojo.

Tommy está algo mejor desde hace un tiempo, creo que se está desintoxicando de la metadona.

En el bar, Bianca ha hablado también con Nicola: ella tiene la teoría de que la cárcel es inútil y deletérea, a menos que sirva para encontrar a alguien que se ocupe personalmente de ti, como hace el director con Tommy. O bien, «a alguien como Ski Mask, que animó a Jahseh a escribir».

Bianca siempre tiene un punto de vista muy personal sobre las cosas del mundo.

El sábado como casi siempre en casa de mi abuela. Es así desde que iba al colegio, porque mamá tiene jornada continua y papá, que el sábado no trabaja, se va a la montaña.

Me ha propuesto que lo acompañe, pero detesto esquiar: me cuesta mucho y paso frío.

En casa de mi abuela, en cambio, los sábados son muy tranquilos.

Después de comer vemos una peli: tiene muchísimas en DVD, cosa que ya no hace casi nadie.

Hemos visto pelis de Bergman, Kurosawa y todos esos directores raros que tanto le gustan: Agnès Varda, Ken Loach y uno coreano que no recuerdo cómo se llama.

Cuando vimos juntas *Persona*, de Bergman, no le dije que me siento como la protagonista.

Estando con ella no me apetece hablar de cosas que me resultan dolorosas.

Hoy nos hemos quedado sentadas a la mesa, charlando, porque habíamos comido mucho y si nos sentábamos en el sofá... ¡adiós, muy buenas! Y yo he de estar bien despierta para entender las pelis de mi abuela.

Para comer, me había preparado arroz amarillo con osobuco, mi plato preferido.

–A tu abuelo también le gustaba mucho –ha comentado, mientras yo me servía más.

–¿Tú aún estás triste porque el abuelo murió cuando tenía sesenta años? –le he preguntado.

Nunca le había dicho nada. No sé por qué se me ha ocurrido.

–Ahora ya no –ha contestado, mientras encendía un cigarrillo. La abuela fuma un montón cuando no está mamá y me deja hacerlo también a mí–. El amor siempre queda –ha afirmado, al tiempo que expulsaba lejos el humo.

He meditado esas palabras y, luego, le he preguntado:

–¿Tú crees que entre mis padres también?

–Sí.

–¿Aunque se odien?

–Para ti, la gente o se ama o se odia, pero las cosas no funcionan así. –Ha sonreído–. Tus padres son muy diferentes entre sí. Se quisieron mucho y durante mucho tiempo. Se dieron lo mejor y lo peor el uno al otro, y eso los mantendrá siempre unidos, no solo tú.

Nunca lo había pensado desde ese punto de vista: que las personas muy distintas entre ellas discuten más pero también comparten muchas cosas, y que el amor queda incluso cuando ya no se ve.

–¿Tú qué opinas de papá?

–Me cae bien. Te quiere mucho. Puede que no le interesara demasiado la familia porque es una persona individualista, pero hoy en día todo el mundo es así. En mi época se pensaba en el bien común, no en el individual. Por suerte, se enamoró de tu madre y naciste tú. Si no cometiéramos errores, nunca haríamos nada bueno –dice riendo.

–¿Y mamá? ¿Qué piensas de ella?

–¿Qué pienso?... Es mi hija... La quiero. Cuando nació, tu abuelo y yo éramos jóvenes, era la primogénita, no sabíamos qué hacer con ella. Pasó mucho tiempo con su abuela Elvira, la madre de tu abuelo. Prácticamente la crio ella. Creo que se sentía un poco abandonada, sobre todo por mí. Mira –resopla–, yo hice todo lo que pude. En aquellos años teníamos que salvar el mundo y, además, los padres siempre se equivocan y así es como debe ser: sin alguien que te fastidie la vida, no tienes la menor posibilidad de convertirte en Ingmar Bergman.

–Pero mamá es florista, no directora de cine. Y tú eras enfermera –le replico.

–Y me gustaba mucho serlo. Pero también me apasiona el cine y les estoy muy agradecida a los gilipollas de los padres de Bergman porque, sin ellos, no habría podido disfrutar de sus obras.

Me encanta mi abuela cuando suelta tacos y ve el lado positivo de las cosas, como Pollyanna.

Quisiera hablarle de Jahseh para ver si encuentra el lado positivo de morir a los veinte años.

Seguro que me diría que, cuando alguien muere, muerto está, pero permanece su legado: Jahseh dejó su música y un hijo.

Eso de que mamá se criara con su abuela Elvira no lo sabía, vaya historia.

Jahseh también se crio con su abuela, Collette Jones, porque su madre era pobre y demasiado joven. Los padres de

146

Jahseh eran jamaicanos de origen egipcio, sirio e italiano. Por eso era tan guapo.

Nació en Plantation, en el condado de Broward, Florida, y murió en Deerfield Beach, no muy lejos de Plantation.

–¿Cómo era mamá de pequeña? –le pregunto.

Me gusta oírle repetir las mismas cosas: que era rubia y silenciosa como yo. «Tranquila y sensible», señala siempre.

–Cuidaba el herbario, le gustaba estar sola entre las plantas –añade esta vez.

Eso tampoco lo sabía.

–¿Y por eso insististe tanto en que volviera a trabajar?

Hace tres años, mamá empezó a trabajar en una floristería, como cuando era joven.

–Lo dejó cuando naciste tú. Pensé que, como ya tenías quince años, podías arreglártelas tú solita –bromea.

–Ya ves, nunca me ha gustado eso de tenerla siempre en casa. ¿Por qué dejó de trabajar?

–Tardó mucho en quedarse embarazada. Si existe una niña deseada en este mundo, esa eres tú: fue precioso ver lo mucho que tus padres te querían y lo felices que fueron cuando naciste. Creo que, cuando tu madre por fin se quedó embarazada, se propuso disfrutar cada momento y no hacer lo que había hecho yo con ella. Ya te lo he dicho, siempre nos equivocamos. –Luego, mientras expulsa el humo por la ventana, añade–: ¿En enero vuelves al instituto?

Hoy es el sábado de la sinceridad y le contesto lo que pienso de verdad:

–No lo sé, abuela, es inútil que te diga que sí si luego no voy a ser capaz. Yo quisiera volver y hacer la selectividad, así el año próximo podría irme a ver a mis primos y conocer los Estados Unidos.

Se me ha ocurrido en ese momento. Podría ir a Florida a ver el lugar en el que se crio Jahseh, buscarme algún trabajo por ahí, llevarme la guitarra... A lo mejor hasta podría tocar con alguien y escribir canciones. También me gustaría ir a Nashville, a Memphis y a Nueva Orleans. No están muy lejos de donde viven mis primos.

De repente, me entusiasmo con la idea: esta Navidad lo hablaré con mi tía.

–Bueno, yo recojo la mesa y me apalanco en el sofá –le digo a mi abuela, para disimular mi nerviosismo.

–Muy bien, pero hoy mejor vemos una peli de risa, después de tanto drama –responde.

Mi abuela es la leche.

–Este verano me he acordado de algo que pasó cuando era niña –le digo a Anna Del Fante nada más tenderme en el diván.

Hoy lleva unos pantalones rojos de pana y el habitual fular azul. Me acuerdo de algo que decía Kandinski: «La antítesis espiritual que distingue rojo y azul produce una extraña y potente armonía...».

Fue el día en que me marché a Múnich, antes de que apareciese la Voz, hace cuatro meses.

–¿Dónde estaba usted?

–En la estación de Bolonia. Ya le conté que fui a Múnich en tren y que tardé doce horas. Salí de Milán a las ocho de la tarde, pero en Bolonia tuve que esperar el tren alemán durante más de una hora. Cuando estaba en el andén, me fijé en las coronas de flores y solo entonces caí en que era 2 de agosto, el día del aniversario de la matanza de Bolonia. Y de repente me acordé del día en que vi la noticia en el telediario, hace treinta y nueve años.

–Cuéntemelo con todos los detalles que le vengan a la mente –me pide.

Cierro los ojos, suspiro y me esfuerzo por recordar bien.

–Bueno, estábamos comiendo con la tele encendida. No habíamos ido a la playa porque era el primer sábado de agosto y para nosotras, que vivíamos allí, había demasiada gente. Para mamá era el primer día de vacaciones y estaba de buen humor, cosa que no pasaba a menudo. Me había preparado galeras al limón, pero, después de ver la noticia, las dejó en el plato.

Me vuelven a la mente los colores: el amarillo de un taxi con el techo hundido por el peso de los cascotes y el rojo de un autobús parado en la plaza de la estación en el que varios hombres, con camisas que el viento sacudía y el rostro cubierto con mascarilla, cargaban las camillas de los heridos. También me acuerdo –aunque no sé si eso lo escuché precisamente aquel día, porque nos pasamos la semana entera viendo el telediario– del presidente Pertini hablando de dos niños ingresados en la UCI por cuyas vidas se temía.

–¿Y luego? –pregunta al cabo de un rato Anna Del Fante, en vista de que no hablo.

–Y luego me sentí culpable –confieso.

Intento explicarle por qué.

–Mire, Bolonia era para mí la ciudad elegante a la que íbamos de compras porque había más tiendas que en Ferrara o Rávena, las ciudades más próximas a Comacchio. Una de las pocas cosas para las que yo tenía talento, según mi madre, era la ropa: nuestras excursiones a Bolonia eran aventuras en las que sentía, por fin, que desempeñaba un papel, así que las disfrutaba en cada detalle. Conocía bien los lugares destrozados por la explosión que aparecieron en el telediario: había estado muchas veces en aquella sala de espera y en aquella cafetería llenas de muertos y heridos. Aquel día fue la primera vez en mi vida que veía en la tele un sitio que conocía. Y me sentí importante. Pero luego me avergoncé muchísimo. Ochenta y cinco muertos, doscientos heridos... ¿y yo me sentía así? Los días siguientes, con mi madre, lo único que hicimos fue ver la tele. Descubrimos palabras y siglas en las que hasta ese momento nunca habíamos reparado: NAR, SISMI, maniobra de distracción, terrorismo... Solo se hablaba de la matanza. El entusiasmo del primer momento dio paso al miedo y al dolor, pero no lo olvidé y seguí avergonzándome durante mucho tiempo. Creo que es la primera vez que hablo de ello. ¡No, no es verdad! En una ocasión se lo conté a Doug y él me dijo: «No te compliques tanto, Gal. ¿Crees que al mundo le interesa saber con qué fantaseabas de niña?». Ya sé que tenía razón, pero me sentó mal.

–¿Cuántos años tenía usted aquel 2 de agosto? –pregunta Anna Del Fante.

–Once –respondo.

–Los niños suelen sentirse culpables de los sentimientos que experimentan, a menos que los padres los tranquilicen –sentencia.

Guardo silencio.

Ahora ya no me apetece hablar, me siento incómoda. Preferiría no haberle contado nada: no me apetece hablar de mis padres.

–En su opinión, ¿qué le habría dicho su padre de haber estado allí? –prosigue Anna Del Fante.

–Sabe que no lo conocí, que murió antes de que yo naciera –esquivo la respuesta.

–Pero, por lo que le contaba su madre de él, ¿cómo se lo imaginaba? –insiste.

–Mi madre no hablaba nunca de él. Creo que lo echaba mucho de menos, pero, después del accidente de mi padre, tuvo que concentrarse en sobrevivir, un día tras otro... La verdad es que eso lo pensé hace poco, cuando Doug y yo nos separamos... Mi madre estaba embarazada de ocho meses, dependía de las transfusiones... Y luego me crio ella sola, no ha habido ningún otro hombre en su vida, así que deduzco que estaba muy enamorada.

Pienso que yo tampoco volveré a enamorarme y me entran ganas de llorar.

Empiezo a sollozar y Anna Del Fante susurra con dulzura:

–¿Quiere contarme ahora cómo murió su padre?

No, no quiero. Mi padre murió de una forma horrible y yo intento no pensar nunca en eso.

Por desgracia, existe un vídeo. Las cámaras de seguridad grabaron el accidente: una vez vi las imágenes.

Una sola vez y, desde entonces, intento olvidarlas.

Recuerdo que vi el vídeo, a escondidas, pocos días antes de la matanza de Bolonia. Las imágenes estaban en una cinta VHS que mi madre guardaba en su habitación. La metí en el videograbador un día que estaba sola en casa, en julio, durante las vacaciones escolares.

Se lo cuento a Anna Del Fante.

–¿Y qué vio en ese vídeo? –me pregunta.

Noto que el corazón me late deprisa y que algo me tiembla en el pecho y luego me atenaza la garganta.

Es un recuerdo que me da miedo.

Nadie sabe lo que vi, excepto Doug.

Tengo que contárselo a Anna Del Fante.

–Mi padre trabajaba para una empresa de mantenimiento y aquel sábado de mayo, él y un compañero bajaron al fondo de una esclusa para comprobar una fuga en la instalación. Un muro de contención cedió, y a él y a su colega les cayó encima una pared de agua de cinco metros de altura. Los bomberos encontraron sus cuerpos en un canal de desagüe lateral. Yo nací cuatro semanas más tarde.

Ahora que se lo he contado, permanezco en silencio escuchando mi propia respiración.

–Intente describir todo lo que recuerde de aquel vídeo, incluidos los detalles –dice muy despacio Anna Del Fante.

–Recuerdo sobre todo... el color amarillo del impermeable y de las botas de agua que llevaba mi padre mientras intentaba huir del agua que estaba a punto de engullirlo. No se le veía la cara, solo el amarillo, y aquellos dos cuerpos pequeños que el agua arrastraba...

Los recuerdos afloran a la superficie como burbujas de aire en aquella pared gris de agua. Noto calor en la cara y en la barriga, ya no tengo la garganta atenazada.

De repente, me doy cuenta de que siempre he creído que mi padre estaba trabajando aquel sábado para ganar más dinero porque yo estaba a punto de nacer: puede que lo escuchara en una conversación de mis tías, o puede que lo soñara.

Se lo explico a Anna Del Fante y ella guarda silencio.

–Galla –dice al poco–, usted sabe que recientemente perdí a mi marido. Cuando ocurre una desgracia, es normal sentirse culpable, pero usted no tiene la culpa. Es más, lo ha hecho muy bien: ha crecido llena de vida y deseos, pese a su dolor.

Mientras la escucho me pregunto si es posible que, al ver las imágenes de aquella esclusa inundada, yo experimentara una excitación inaceptable como la que despertó en mí la matanza de Bolonia. Pero el único sentimiento que recuerdo haber experimentado aquella tarde de verano fue incredulidad: pensé que era absolutamente imposible que aquel hombrecillo que huía, con impermeable y botas de agua de color amarillo, fuera mi padre.

«Me he enterado de una cosa increíble sobre Nicola, ¡¡¡llámame!!!».

Al despertarme, he encontrado un mensaje de Bianca de ayer por la noche.

¿Será demasiado temprano para llamar? ¿Estará camino del instituto?

No, Bianca no va al instituto. Le escribo:

«¡Estaba durmiendo! ¿Puedo llamarte ahora?».

Responde enseguida:

«Te llamo yo por FaceTime».

Ella también está todavía en la cama, con una combinación de raso azul brillante que no se parece en nada a los vaqueros y sudaderas que lleva durante el día. Tras el cabecero de su cama veo un gran póster con la cara de XXXTentacion.

−¿Por qué estás despierta si no vas al instituto? −le pregunto.

−¿Yo te pregunto a ti por qué no trabajas? −replica.

De vez en cuando, echo de menos a la Bianca tímida y silenciosa de cuando nos conocimos.

−Bueno, cuéntame eso de Nicola −intento cambiar de tema.

Le brillan los ojos.

–Ayer hablé por teléfono con Giovanna para ponernos de acuerdo con las fotocopias de las partituras.

–Vale, ¿y...?

–Nos pusimos a charlar y... ¿sabes qué me dijo? Que ella y Nicola estaban hablando, bueno, ya sabes que se ven por Mimì, y él le contó que su hermano había estado en el coro de San Vittore. ¡Y Giovanna supo enseguida quién era!

–¡Qué dices! ¿Y quién es?

–Se llama Ferdinando, un tío que dibujaba. Muy simpático, comenta Giovanna.

Ferdi. El Ferdi del retrato que tengo sobre mi mesita de noche ¿es hermano de Nicola? ¡Me parece imposible!

No sé por qué, pero no me apetece confesarle que lo conozco.

–¿No te parece raro que se lo haya contado a Giovanna y a nosotras no? –prosigue Bianca.

–¿Por qué? Acordamos no hablar de temas relacionados con las sesiones, y nuestros familiares lo son.

–Tienes razón –admite Bianca–. Sobre todo cuando la relación es difícil. Me ha explicado Giovanna que Ferdi está ahora en rehabilitación. Y que él y Nicola casi no se hablan. Pero... ¿sabes qué?

–¿Qué, Bianca?

No sé por qué, pero esta conversación me está poniendo nerviosa.

–Mimì, esa gata que tiene loquito a Nicola..., ¡es de Ferdinando!

–¡Qué dices!

–Como lo oyes. Y, cuando salga, quiere recuperarla. Pero dice Giovanna que Nicola no quiere dársela.

No pensaba que Giovanna fuera tan cotilla. Hace un mes que conoce a Bianca, dos semanas que conoce a Nicola... ¿y ya es tan íntima de los dos?

–¿Te ha contado también qué piensa de él? –le pregunto.

–Bueno, nada concreto, que es majo y eso, pero yo creo que le gusta.

–Anda ya, pero si debe de tener diez años más que él.

–¿Y?

–Vale, tienes razón. Pero Giovanna es mejor que Nicola.

–Perdona, ¿en qué sentido?

–No sé, en todos. Y, además, creo que está casada.

–Ah, OK, estás celosa.

–¡Qué va! En todo caso, de Giovanna, no de Nicola.

–Ya, ya... Pues mira, me he dado cuenta de que a ti también te gusta un poquito Nicola. Y me parece que tú también le gustas a él.

–¿Estás loca, Bianca?

Se nos escapa una risita a las dos.

Hacía tanto tiempo que no me reía nada más despertarme... Tengo que contárselo a Anna Del Fante.

Y hacía tanto tiempo también que no dormía siete horas como esta noche.

Anoche discutí con Doug.

Estaba en el sofá con mi tazón de yogur, a oscuras, escuchando otra vez *The Remedy for a Broken Heart*, de XXXTentacion. Ese «*Why am I so in love?*» es hipnótico, su infelicidad resulta insoportable.

Tal vez fuera la canción, o esa tarde que ya parecía noche..., o el relato sobre mi padre que había conseguido contarle a Anna Del Fante. En el piso de enfrente, entre la niebla, veía parpadear las lucecitas amarillas de un árbol de Navidad. Mi segunda Navidad sin Doug.

Le escribí un mensaje.

Sé que no debí hacerlo. Cuando le escribo o lo llamo, luego me siento peor porque se muestra gélido conmigo. Siempre me quedo fatal. Pero pensé que solo faltaba un mes para el 10 de enero, el día que hemos de vernos en los tribunales para el divorcio. Tenía que decirle que yo no quiero divorciarme, que no puedo actuar de nuevo como aquella mañana en que me pidió que nos separáramos y yo, en lugar de tirarme al suelo, gritar y arañarlo como un gato, le acaricié un hombro.

«Hola, estaba pensando que podríamos retrasar el divorcio, ¿qué prisa tenemos? –le escribí–. ¿Tú estás seguro de que es lo que quieres? Yo no».

Me respondió al cabo de diez minutos:

«Estoy seguro. Me siento aliviado y sereno: no me falta nada».

«¡No me falta nada! ¡Me siento aliviado y sereno!».

Me sentí como si me hubieran dado una patada en la cara.

¿Qué necesidad tenía de decirme algo tan cruel?

¿Cómo puede no faltarle nada, después de veinte años juntos?

Es como quitarle valor a todo lo que hemos vivido, eliminarlo, afirmar que ha sido un error.

Y, aunque fuese cierto, ¿por qué decírmelo?

Lo llamé.

—Escucha, ¿por qué tienes que ser tan cruel? —le reproché, tratando de contener las lágrimas.

—¿Cruel? ¿Por qué? —contestó, perplejo.

—Escribirme que no te falta nada es cruel.

—Mejor ser claros —pronunció con frialdad.

¿Cómo es posible que el hombre que me ha amado y me ha llevado en su corazón durante más de veinte años me hable de repente con tanta indiferencia? Está claro que ya no le importo en absoluto, no solo como mujer: ni siquiera como persona.

Exploté.

—Eres insensible y superficial. Siempre has sido un oportunista y un egoísta, pero ahora, además, te has vuelto cruel. ¡Ya estoy harta de sentirme mal por alguien como tú!

—Cálmate, Gal, o cuelgo ahora mismo —me pidió, en un tono menos distante.

—¿Cómo puedes soltarme algo así? ¿Es que no te das cuenta de lo mal que lo estoy pasando?

–Eso ya no es problema mío –respondió. Otra maldad.

–Me dejaste cuando estaba convaleciente, sin trabajo, en el momento más difícil de mi vida. ¡Eres innoble! –le grité al teléfono, mientras una bola de rabia se me iba hinchando en el pecho, me aplastaba las costillas y me atenazaba la garganta.

–Yo no tengo nada que reprocharme –dijo–. Y ahora, adiós.

–¡Vete a tomar por culo, Doug! –le chillé–. ¡Vete a tomar por culo, imbécil!

Noté la rabia que me latía en las sienes y las lágrimas que me inundaban los ojos.

Tiré el teléfono al sofá, recogí el tazón de la alfombra, me volví y lo estrellé contra la pared.

–¡Eres imbécil!

Mi tazón de porcelana blanca se rompió en tres con un alegre estrépito. Los trozos de manzana y pera que le había echado al yogur con miel resbalaron por la pared azul y dejaron tras de sí una estela brillante, como si fuera baba de caracol.

–¡Por fin! ¡Por fin te has desmelenado! ¡Felicidades, Galla! –exclamó, eufórica, la Voz–. Me preguntaba cuánto tiempo seguirías comportándote como si él te estuviese mirando, con la esperanza de volver a gustarle.

–No estoy de humor, Gabriele, déjame en paz –le respondí en voz alta, con brusquedad.

–Lo que tú digas, mi distinguida Galla, emperatriz de los romanos y reina de los visigodos –se burló. Luego, en voz más baja, añadió–: Pero ahora duerme, preciosa.

Me he lavado el pelo, me he puesto la camiseta con el logo del coro y me he maquillado los ojos. Es el día del concierto.

–Ya era hora de que te maquillaras un poco. Las guapas estáis muy bien acostumbradas, pero, cuando se alcanza cierta edad, si no te cuidas un poco, te conviertes en una bruja como yo –me ha advertido Gabriele.

Cuando he llegado al auditorio, los chicos aún no estaban, solo las demás voluntarias y el director, que está haciendo pruebas con los músicos, con todos excepto Bianca.

Al final, solo se ha concedido permiso a quince presos, menos de la mitad de los solicitados.

El autobús de la policía judicial llega con media hora de retraso. Primero bajan los agentes, uniformados y con una bolsa en bandolera –me pregunto si llevarán ahí las armas–. Luego lo hacen los presos: ocho árabes y siete italianos.

–¿Estás nervioso? –le pregunto a Samir.

–Estoy contento porque hoy mi hija me verá cantar en un auditorio.

El director del coro ha conseguido que antes del concierto, al cual asistirán los familiares de los presos, estos puedan reunirse con ellos durante una hora.

La primera en llegar es justamente la mujer de Samir con su hija, una niña de dos años con el pelo negro y rizado. Lleva una diadema con orejas de gato.

Estamos ensayando *Maria, me porten via* de Jannacci, cuando madre e hija se asoman por un lado del escenario.

«*Maria, me porten via, ma tì dil minga ai fioei / che il suo papá l'han cattaa su 'me on lader*» («Maria, que se me llevan, pero no les digas a los niños / que a su padre lo han detenido como si fuera un ladrón»), dice la canción.

Samir se pone nervioso.

–Ten paciencia –le susurra el director–. Ten paciencia, terminemos la canción.

Llega Bianca, con la camiseta azul del coro y el pelo rubio recogido. Peinada así y sin esa sudadera enorme, parece mucho mayor. Me saluda con un movimiento de cabeza y empieza a afinar la guitarra mientras intercambia gestos con los demás músicos. Hoy parece más concentrada que yo.

Durante la pausa entre los ensayos y el concierto, los presos se encuentran con sus familiares. Samir se acerca para presentarme a su mujer Fatma y a su hija Aisha, y yo le digo a la niña que las orejas de gato son muy bonitas. Fatma y Samir están muy juntos y a ella le brillan los ojos.

Las voluntarias más jóvenes han invitado a sus hermanos y padres. Bianca nos presenta a su abuela Gabriella, una mujer alta que lleva un abrigo azul de corte masculino y tiene la espalda mucho más erguida que su nieta.

–¡Por fin conozco a la famosa señora Galla! –me saluda.

–Abuela, por favor, no la llames «señora Galla» –suplica Bianca.

Yo invité a Anna Del Fante, pero lamentó no poder venir. Luego se quedó en silencio, ladeó la cabeza y me miró como si yo hubiera hecho algo absurdo invitándola.

Cuando se comporta así la encuentro irritante y me entran ganas de decirle lo feas que son sus gafas rojas, su corte de pelo y esos zapatos que me lleva.

Poco antes de empezar, capto un movimiento extraño en la sala y me da la sensación de que los agentes se han puesto nerviosos.

Temo, por un momento, que alguno de los presos haya huido, pero entonces se abre una puerta al final del patio de butacas y entran tres personas: dos agentes y, en medio de ellos, un hombre de pelo gris que lleva una camiseta con el logo del coro.

–¡El Conde! –exclama Samir.

Muchos de los detenidos aplauden. Al Conde le han concedido el permiso en el último momento: es una entrada en escena digna de él.

Sube al escenario por la escalera lateral, choca los cinco con sus compañeros y se coloca en la primera fila, entre Samir y yo.

Es la primera vez que veo al Conde en manga corta. Sin la camisa, las señales de la cárcel y de la edad se notan más.

Cuando terminamos de cantar *Scarp del tennis* de Jannacci, que es la penúltima pieza, el Conde se vuelve hacia mí. Me fijo en una frase tatuada que no le había visto nunca, en la cara interna de su brazo izquierdo: «*You'll never walk alone*».

Lo miro con aire interrogante.

–Es el himno del Liverpool –susurra.

En ese momento, la mujer de Samir, que está sentada en el patio de butacas, se pone en pie con la niña y sube al escenario.

Llega frente a nosotros, le dedica una pequeña reverencia a Samir, se gira hacia el público y levanta a la niña como si fuera una especie de ostensorio. Luego grita algo en árabe, deja a la niña en brazos de Samir y se marcha corriendo.

Nadie sabe qué ocurre. En el patio de butacas, los espectadores empiezan a ponerse nerviosos y a murmurar. Samir está paralizado. Veo al jefe de los agentes penitenciarios dirigirse rápidamente hacia el escenario desde el fondo de la sala.

–La que se va armar –me dice el Conde–. Nos van a suspender los permisos durante dos años. ¡Tienes que hacer algo!

Aisha abre los ojos como platos, con una mirada de sorpresa y curiosidad, pero no parece asustada. Le dedico una gran sonrisa de payaso y empiezo a hablar con la voz de Piolín, como hacía con Alessandra cuando estábamos en primaria:

–¡Me parece que he visto un lindo gatito! Soy el canario Piolín, ¡no me comas! –digo, mientras doy saltitos en el suelo de madera, improvisando un paso de claqué.

La niña se echa a reír y me tiende las manos. La cojo en brazos y me dirijo a la escalera mientras canturreo con la voz de Piolín. Bajo del escenario bailando con la niña en brazos. La escena al completo dura menos de medio minuto y la mayoría de los espectadores creen, probablemente, que hemos organizado un numerito navideño para entretenerlos.

DARIA BIGNARDI

El director les hace una seña a los músicos y al coro para que empiecen de nuevo, y Bianca interpreta las primeras notas de *Redemption Song* con la guitarra.

El coro empieza a cantar: «*Old pirates, yes, they rob I, / Sold I to the merchant ships...*».

El público prorrumpe en aplausos, al tiempo que yo salgo de la sala con Aisha dando saltitos.

En el vestíbulo veo enseguida a Gloria, la directora del equipo, que habla agitadamente con Fatma y otra mujer árabe. Fatma solloza y mueve la cabeza de un lado a otro, mientras la otra mujer traduce.

–Quería que todo el mundo supiese que, desde que nació, Aisha solo ha visto a su padre en la cárcel, y todo porque le encontraron unos pocos gramos de hachís.

Al vernos, Fatma deja inmediatamente de llorar.

–¡Hola, mamá! –le digo, aún con la voz de Piolín–. ¿Sabes que tu niña es una gatita muy buena? ¡No me ha comido!

Ante la sonrisa de la niña, Fatma comprende instintivamente qué estoy haciendo y se le ilumina el rostro.

–¡Muy bien, Aisha! –le dice en italiano.

Gloria une las manos y se las lleva a la boca. En ese momento se nos acerca el jefe de los agentes.

–Todo en orden, comandante –interviene ella–. La niña quería subir al escenario para jugar.

El comandante finge creerla.

Me despido de Aisha y vuelvo a la sala justo a tiempo de escuchar el final de *Redemption Song*: «*'Cause all I ever had, Redemption songs, / All I ever had, Redemption songs, / These songs of freedom, Songs of freedom*».

Los chicos suben al furgón policial que ha entrado hasta el jardín para recogerlos, entre dos filas de espectadores que los aclaman como si fueran estrellas de *rock*.

Los beso o abrazo a todos, y todos se despiden de mí, incluso aquellos con los que jamás he hablado.

—Nos vemos después de Navidad, ¿eh, Galla?

Mi nombre, por lo general, les da risa. Esta es la primera vez que lo usan sin hacer bromas.

El Conde me abraza y me habla al oído:

—Qué grande eres, Galla. Samir te está muy agradecido.

Luego sube al furgón policial, pero antes de entrar se detiene un momento en el estribo, levanta los brazos hacia el cielo y saluda a todo el mundo agitando los puños en un gesto de victoria.

El director extiende los brazos y me apoya las manos en los hombros, sin acercarse a mí porque está sudando.

—Gracias, Galla, nos has salvado. Si hubiéramos interrumpido el concierto y se hubiera montado un alboroto, nunca más nos habrían dejado salir a cantar, y Fatma no habría conseguido nada. Es más, solo habría empeorado la situación de Samir. Sé cómo funcionan estas cosas.

Bianca se me acerca.

–Te llevamos nosotras a casa –dice. Luego, al tiempo que me aprieta el brazo, me susurra–: Muy bien lo de la niña. Pero, por favor, con mi abuela finjamos que no ha pasado nada, o nos soltará un sermón sobre los derechos de los detenidos.

Las sigo hasta el aparcamiento y subimos en un viejo Citroën. La abuela, tras arrancar el coche, me pregunta:

–Esta noche cena con nosotras, ¿verdad?

–¡*Sushi*! –exclama Bianca desde el asiento trasero.

Hace mucho que no voy a un restaurante, así que dudo.

–Prefiero el pullés, Bianca, ten un poco de paciencia –dice la abuela. Y, dirigiéndose a mí, añade–: ¿Le gusta la cocina pullesa? Hacen de todo: *orecchiette*, carne, pescado...

–De acuerdo –acepto.

Son tan amables...

–Pero yo como *pizza*, ¿eh, abuela? –salta Bianca.

Es la primera vez que la oigo hablar en ese tono infantil y me inspira ternura.

–Y yo –conviene su abuela–. Con *mozzarella* de búfala y tomates de Paquino. Ha sido un concierto precioso, señora Galla, felicidades. Y ha tenido usted mucha sangre fría con la niña. Aunque la protesta de la madre a mí me ha parecido de lo más justa.

–Abuela, no la llames «señora Galla», qué vergüenza –repite Bianca, pasando por alto el comentario.

–Es usted muy amable –respondo.

Bianca me da un rodillazo a través del asiento, no sé si para subrayar la perspicacia de su abuela o para recordarme que no le dé cuerda. El comentario de Gabriella me hace pensar: he reaccionado por instinto a la petición del Conde, pero lo que más deseaba era proteger a la niña.

También es cierto, sin embargo, que un acto de protesta debe provocar desorden. No creo que le hubiese servido de nada a Samir –es más, seguramente le habrían quitado la buena conducta–, pero, al menos, se habría hablado de ello.

Bianca es la primera en entrar al restaurante y enseguida se vuelve hacia nosotras con una expresión traviesa que nunca le había visto.

–No puede ser, dentro están Nicola y Giovanna.

Es verdad: en una mesa del rincón, Nicola habla con Giovanna, que hasta hace veinte minutos estaba con nosotras en el auditorio.

El restaurante es modesto, alegre, con manteles de cuadros y cestitos de pan y rosquillas en la mesa. Pese a la ausencia de adornos, se respira un ambiente navideño.

Para ir a nuestra mesa tenemos que pasar junto a la de Nicola y Giovanna. Cuando nos ve, Nicola no pone su habitual cara de fastidio, sino que se levanta y sonríe.

–¿Qué hacéis vosotras aquí? –pregunta.

«Qué hacéis vosotros», me gustaría contestarle.

–Felicidades por el concierto, ha sido estupendo –le dice a Giovanna la abuela de Bianca–. Lo habéis hecho muy bien, tanto los cantantes como los músicos. Me habéis emocionado.

–No exageres, abuela –la interrumpe Bianca. Luego, dirigiéndose a Nicola y Giovanna, añade–: Es mi abuela Gabriella.

Nicola señala a Giovanna.

–La doctora me lo estaba contando justo ahora...

«Doctora», la llama. Además, ¿desde cuándo sale uno a cenar con su veterinaria?

Giovanna y Gabriella se estrechan la mano, y Bianca abrevia:

–Tengo un hambre... ¿Hablamos luego?

Nada más sentarse, la abuela de Bianca pregunta:

–¿Quién es ese amigo vuestro que está con la cantante?

Yo no sé si Gabriella está enterada de que Bianca va a una psicóloga, así que no contesto.

–Es veterinaria, abuela, no cantante –dice Bianca en voz baja–. Es voluntaria del coro, como nosotras. Y a él nos lo encontramos en la consulta de la *psico*, está medio chiflado.

O sea, que la abuela lo sabe.

–¿Por qué dices eso? A mí Nicola no me parece un chiflado –intervengo.

–Chiflado como nosotras, quiero decir –añade Bianca.

–Ah, vale –respondo.

–Abuela, ¿sabes que Nicola también está obsesionado con Rosa Luxemburgo? Él también le ha puesto Mimì a su gata, como tú.

–¡Mimì! –exclama la abuela–. Tu abuelo la llamaba «Mimì metalúrgica». ¿Te acuerdas de la película de Lina Wertmüller?

La tres pedimos *pizza* con tomatitos y *mozzarella* de búfala. Hace un siglo que no como *pizza* y no sé si podré con ella, pero, antes de que me la sirvan, me bebo una caña de cerveza. Está helada y resulta deliciosa.

Bianca ha pedido una Coca-Cola y su abuela una jarra de cerveza, como me habría gustado hacer a mí.

Le pregunto a Bianca si se sabe la letra del himno del Liverpool.

—Lo busco en Google —se ofrece ella, sacando el móvil del bolsillo—. ¿En inglés o en italiano? —pregunta.

—En italiano —dice su abuela.

Bianca lee:

> «Cuando camines a través de una tormenta,
> mantén la cabeza alta [...].
> Sigue a través del viento,
> sigue a través de la lluvia,
> aunque tus sueños se rompan en pedazos.
> Camina, camina, con esperanza en tu corazón,
> y nunca caminarás solo».

Luego dirige la mirada al cielo.

—¿Qué pasa, no es bonito? —le pregunto.

—Psé —responde ella.

Miro a la abuela Gabriella.

—Para Bianca es retórico —me explica, sonriendo—. Para Bianca, casi todo es demasiado retórico, edulcorado y banal. ¿Y sabe usted una cosa? Suele tener razón. ¿Conoce la frase de Abbie Hoffman sobre la juventud?

—Pues la verdad es que no —admito—. Ni siquiera sé quién es Abbie Hoffman.

—Él decía: «Éramos jóvenes, éramos arrogantes, éramos ridículos, éramos excesivos, éramos imprudentes, pero teníamos razón». Abbie Hoffman era un activista estadounidense de mi época, no se preocupe si no lo conoce. De hecho, ya no lo conoce nadie.

–El Conde llevaba tatuada en el brazo esa frase de no caminar solo –retomo el tema, volviéndome hacia Bianca.

–El Conde es el preso del pelo blanco que ha llegado el último, abuela –le explica Bianca–. Supongo que, para él, tendrá un sentido –comenta–. Pero si hay tormenta, yo prefiero estar en mi camita antes que caminar a través del viento, sinceramente.

Gabriella sacude la cabeza, pero sonríe.

–Por cierto, ese tatuaje de la araña es muy bonito –afirma Bianca, mientras me coge la muñeca y observa mi araña minúscula–. Yo estoy indecisa entre un elefante y una luna creciente como los de Jahsch.

Nunca había visto a Bianca tan relajada. Se lo digo y ella se encoge de hombros.

Nicola nos saluda desde su mesa y Giovanna lo imita.

Gabriella levanta con una mano el chupito de *limoncello* que nos han traído y con la otra le hace un gesto a Nicola para que nos acompañen. Se levantan los dos de su mesa y se acercan a la nuestra con sus respectivos chupitos de *limoncello*.

No acabo de entender qué clase de relación existe entre Nicola y Giovanna, si tienen un rollo o no.

A Giovanna la conozco poco, pero me parece una persona expeditiva y ocupadísima que siempre habla de las complicadas operaciones que ha hecho o debe hacer, si bien en los ensayos he descubierto que también tiene una vena alegre: baila mientras canta y siempre está dispuesta a ayudar a los presos.

–Me ha contado Bianca que usted también ha llamado a su gato como el de Rosa Luxemburgo, una de las figuras más importantes y subestimadas del siglo xx. Como política, como intelectual y como mujer –pronuncia Gabriella, enfervorecida, dirigiéndose a Nicola.

–Pero estará de acuerdo conmigo en que, como novia, era insoportable –responde Nicola, con un refinamiento desacostumbrado en él.

–Era una persona pasional. Y audaz. También en el amor –replica Gabriella–. Pero coincido con usted en que las personas audaces y pasionales pueden resultar un poco cansinas en el ámbito privado.

Nicola me lanza una mirada en ese momento y yo se la devuelvo. Nos observamos fijamente durante un segundo.

Él es el primero en bajar la mirada.

–Lo que se dice acabar estando a partir un piñón, ¿eh? –murmura alguien.

Es la Voz.

Qué raro que dé señales de vida cuando no estoy en el sofá de casa.

–¿Te he contado que Nina no soportaba a los gatos? –me susurra al oído–. Lo escribió en su autobiografía: «Klee, que sabía que no me gustaban los gatos, encerraba al suyo en la habitación contigua cuando lo visitábamos». Pobre Vasili. ¡Quería tanto a Waske, nuestro gato! Mira, si me pidieras que te dijera una sola cosa que eche de menos, te respondería que al gato. Pero no se puede tener todo, ni siquiera cuando estamos muertos –sentencia con una carcajada.

Gabriele parece eufórica esta noche.

–Querida mía, ha llegado el momento. Te dejo en manos de mi homónima, que, en mi opinión, es la más centrada de todas. A ver si regresas al buen camino, porque a mí me ha llegado el momento de volver al Hiperuranio –musita–. Dale recuerdos a la Anna Del Fante esa. Por lo menos, una cosa buena ha hecho, o mejor dicho, dos: la primera fue desmayarse para que pudieras conocer a estos dos chiflados y la segunda no decirte que esta noche estaría en el patio de butacas admirando tus proezas.

¿Anna Del Fante estaba en el concierto? Yo no la he visto.

–No tenías que saber que estaba allí. Pero, bueno, déjame que le gaste esa última broma antes de desaparecer. –Rompe a reír para, a continuación, retomar el tono serio y pausado–: Aún tengo que decirte un par de cosas. La primera es esta: mantente alejada de la nostalgia. La nostalgia es inútil, reaccionaria y tradicionalista. Deja ya de añorar el pasado: la nostalgia es fascista. Pregúntaselo a Gabriella, que ella lo sabe.

Asiento con la cabeza y ella prosigue:

–La otra, en cambio, tiene que ver con el apodo que tenías cuando eras niña, Gialla. Vasili y yo decíamos que el amarillo es un color con un movimiento centrífugo, que se extiende desde el centro hacia el exterior. Es un color cálido, que se vuelve enfermizo y ausente si intentamos enfriarlo. Tú estás hecha para expandirte, aunque sea a base de sufrir. ¿Lo entiendes? *Auf Wiedersehen*, preciosa.

–¿Estás bien, Galla? –se interesa Bianca–. ¿Por qué mueves la cabeza?

Me doy cuenta de que me están observando los cuatro.

–¿Qué estabais diciendo? –les pregunto.

Anna Del Fante se ha cambiado de gafas. Sin que yo le dijera nada, ha sustituido sus feas gafas rojas y rectangulares por otras de metal dorado, con una preciosa montura Ray-Ban redonda: justo las que yo le hubiera aconsejado.

Es la última sesión antes de Navidad, mañana me voy a Comacchio a ver a mis tías. El día de San Esteban llega Alessandra y se queda hasta Nochevieja, fiesta que tenemos intención de ignorar juntas.

El dolor por Doug va y viene en oleadas y aún no he pasado un día entero sin pensar en él; pero, en los momentos en que me encuentro mejor, me he dado cuenta de que las cosas parecen tener un contorno más definido y unos colores más vivos.

Le pregunté a Nicola dónde pasará las vacaciones y me respondió:

—Donde no vea la puesta de sol, como tú.

He decidido hablar de eso con Anna Del Fante.

—Hoy tengo cosas que contarle, doctora —anuncio, después de tenderme en el diván.

—Esta es su sesión y aquí puede decir lo que quiera —me contesta.

—Gracias. Pero también tengo preguntas.

–Usted dirá, Galla.

–¿Por qué vino al concierto sin decirnos nada?

–¿A usted le hubiera gustado que yo fuera?

–Pues... sí.

–Entonces hagamos como si hubiera ido.

–Pero ¿fue o no fue?

–No fui, la verdad.

–La Voz me ha asegurado que sí.

–A lo mejor la Voz solo dice lo que usted quiere oír –me provoca, más avispada que de costumbre.

–¿Insinúa acaso que la Voz era yo? ¿Que decía las cosas que yo no tenía el valor de pensar?

Anna Del Fante permanece en silencio.

–Pero yo escuchaba de verdad aquella voz –protesto.

–No lo dudo –comenta ella.

–Bah. Lo pensaré.

No puedo habérmelo imaginado todo. Yo oía a Gabriele.

–Otra cosa: ¿estaría mal que Nicola y yo nos viéramos a solas, sin Bianca? –le pregunto apresuradamente, antes de tener tiempo de arrepentirme.

Por una vez me responde enseguida, aunque lo hace con otra pregunta:

–¿A usted le apetece?

–Pero el análisis no lo permite, ¿verdad? –insisto.

–No se haga tantas preguntas, viva las cosas que desea vivir.

–Pero si Nicola y yo saliéramos juntos –digo por decir, pues no creo que suceda–, no podríamos seguir viniendo los dos a las sesiones, ¿no? –continúo.

–No, desde luego. Pero ya lo pensaremos si eso ocurre.

–Creía que se iba usted a enfadar.

–Yo no puedo enfadarme. Estoy aquí para trabajar con usted. Las cosas pasan y, cuando pasan, se manejan. La vida es como el taller de un pintor: hay telas apoyadas en las paredes y otras en los caballetes, en proceso de trabajo. Hay colores, paletas, modelos. E inspiración, que guía al autor por la aventura de su obra.

Me parece que es el discurso más largo que le he oído jamás.

Si todo vale –y todo se puede manejar– a lo mejor podría confesarle que, en realidad, la Voz no la soportaba y la desacreditaba continuamente.

–¿Sabe que usted me recuerda muchísimo a un cuadro de Gabriele Münter? Tengo la lámina en casa, no consigo decidir dónde colgarla. Se llama *Dama en un sillón* y representa a una mujer suiza que está escribiendo en pijama. A saber por qué escribe en pijama. No se lo pregunté a Gabriele Münter porque estaba muy celosa de usted. Siempre hablaba mal de usted, ¿sabe? La criticaba un montón.

–¿Y ahora? –pregunta Anna Del Fante.

–Ahora ya no. Ha desaparecido –respondo.

Del Fante hace un ruido, como si hubiera expulsado de golpe aire por la nariz.

–Bien, es buena señal. Bueno, pues nos vemos el primer martes del año –me despide.

Oigo el crujido del cuaderno al cerrarse y el ruido del lápiz cuando lo apoya en la mesa.

Me pongo de pie, cojo el bolsito rojo que he dejado en la silla que está a los pies del diván y salgo de la consulta. Hoy Bianca no está en la sala de espera.

Anna Del Fante y yo no nos deseamos una feliz Navidad, pero, mientras ella cierra la puerta detrás de mí, yo me giro para saludar al azul de su fular.

Agradecimientos

Sin Yvonne Kramer, que me llevó a la Galería Municipal en la Lenbachhaus, esta historia no existiría; de ahí que ocupe el primer puesto en los agradecimientos pero en igualdad de condiciones que Gabriele Münter, no se me vaya a ofender esta. Menudo carácter tiene.

También le doy las gracias a Francesco Ziosi, del Istituto Italiano di Cultura, por invitarme a Múnich.

Gracias a Stefano por Murnau, entre otras cosas; a mis dos Darii –Daria Deflorian y Dario Voltolini–, que fueron los primeros en leer este libro y darme consejos opuestos pero fundamentales; a Emilia Sofri, Paolo Foschini, Rosaria Carpinelli y Elena Faccani.

Y gracias a Linda Fava, adiestradora de gecos, y a Giovanni Francesio, hombre de bien.

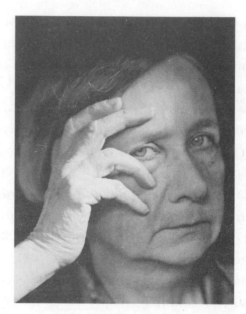

Gabriele Münter, 1935.

Citas

La cita de la página 24 pertenece a: KANDINSKI, V. (2011). *De lo espiritual en el arte.* Barcelona: Paidós Ibérica. Traducción de Genoveva Dieterich.

Las citas de las páginas 43, 85 y 173 pertenecen a: KANDINSKI, N. (1990). *Kandinski y yo.* Barcelona: Parsifal. Traducción de Cristina Buchheister.

La cita de la página 61 pertenece a: KANDINSKI, V. y MARC, F. (2010). *El Jinete Azul.* Barcelona: Paidós Ibérica. Traducción de Ricardo Burgaleta Weber.

Las citas de las páginas 90 y 91 pertenecen a: LUXEMBURGO, R. (2019). *Cartas de amor y revolución.* Barcelona: El Viejo Topo. Edición y prólogo de Pepe Gutiérrez. Traducción de Piri Lugones y Ricardo Mazo.

The Remedy for a Broken Heart
Letra y música de Johnathan C. Cunningham y Jahseh Onfroy.

A mì me piass
de Claudio Sanfilippo, incluida en el álbum *Ilzendelswing*.
Texto reproducido por gentileza de Claudio Sanfilippo.

El portava i scarp del tennis
Letra y música de Enzo Jannacci.

La montagna de San Sir
Letra y música de Nino Rossi.
Los editores han hecho todo lo posible por localizar a los ti-
  tulares de los derechos, y quedan a su disposición para
  cumplir con las obligaciones establecidas.

Tanti auguri
Letra de Gianni Boncompagni y Daniele Pace.
Música de Gianni Boncompagni y Paolo Ormi.
Copyright © 1978, Arcoiris Edizioni Musicali di Raffaella
    Pelloni/Sugarmusic SpA.
Gestionado por Sugarmusic SpA.
Todos los derechos reservados en todos los países.
Reproducido por gentileza de Hal Leonard Europe Srl *obo*
Sugarmusic SpA.

Maria me porten via
Letra y música de Enzo Jannacci.
Copyright © 2013, Universal Music Publishing Ricordi Srl.
Todos los derechos reservados en todos los países.
Reproducido por gentileza de Hal Leonard Europe Srl *obo*
Universal Music Publishing Ricordi Srl.

Redemption Song
Letra y música de Bob Marley.
Copyright © 1980, Blackwell Fuller Music Publishing/Fifty Six
Hope Road Music Limited.
Gestionado en Italia por Kobalt Music Publishing Italia Ltd.
Todos los derechos reservados en todos los países.
Reproducido por gentileza de Hal Leonard Europe Srl *obo*
Hal Leonard LLC.

Fotografía de Gabriele Münter: Album/Fine Art Images.

Esta primera edición de *Cielo azul*, de
Daria Bignardi, se terminó de imprimir en Grafica
Veneta S.p.A. di Trebaseleghe en Italia en junio de 2022.
Para la composición del texto se ha utilizado la tipografía
FF Celeste diseñada por Chris Burke en 1994
para la fundición FontFont.

Duomo Ediciones es una empresa comprometida con el medio
ambiente. El papel utilizado para la impresión de este libro
procede de bosques gestionados sosteniblemente.

PEFC
PEFC/18-31-226

Este libro está impreso con el sol. La energía que ha hecho
posible su impresión procede exclusivamente de paneles
solares. Grafica Veneta es la primera imprenta
en el mundo que no utiliza carbón.

Descubre los secretos
de la familia Sorani.

DARIA BIGNARDI
El amor que te mereces

NOVELA

DUOMO
NEFELIBATA

«Absorbente narración.»
La Vanguardia Cultura|s

«Una magnífica historia que habla
de encuentros, sentimientos y vida.»

La Repubblica